FORJADOR DE PENUMBRAS

Relatos fantásticos, de terror y ciencia ficción

Pablo Martínez Burkett

FORJADOR DE PENUMBRAS

Copyright © 2011, Pablo Martínez Burkett
Copyright © 2007, foto de la portada: José Díaz Pérez de Madrid
Copyright © 2014, foto del autor: Mica Hernández
Copyright © 2013, diseño de cubierta: Elena Blanco Moleon
Copyright © 2013, de esta edición: Eriginal Books

Diagramación: Chelsea González

WWW.ERIGINALBOOKS.COM

Primera edición: Ediciones Galmort, 2011

ISBN-13: 978-1-61370-055-6

Índice

Prólogo

En un largo viaje en automóvil hacia una ciudad de la provincia de Buenos Aires, conocí a Pablo Martínez Burkett. Hablamos, como es de suponer, de muchos temas; pero la literatura, que nos apasiona a los dos, fue el dominante. Descubrí entonces a un gran lector y, no demasiado tiempo después, al original escritor de literatura fantástica. Ya somos viejos amigos, unidos por esa amistad que no envejece, como gustaba decir Bernardo Ezequiel Koremblit, y —en nuestro caso— se remoza siempre en Borges y Bioy Casares, en Marcel Schwob y Stevenson. El trato que mantenemos me produce tanto gusto como la lectura de sus textos.

Los cuentos que tengo el gusto de prologar son diversamente admirables y cumplen con rigor el propósito que persigue el género fantástico. Son claves o alegorías de la realidad y, por consiguiente, más ricos y preciosos que la simple realidad. Tienen el juego de sorpresa y de expectativa necesarios para atrapar al lector desde las primeras líneas. Como los inventores de mitologías, como los niños, como en los sueños, Pablo Martínez Burkett piensa de manera simbólica y no abstracta; de ahí la frescura de las piezas que integran este asombroso volumen.

En el comienzo suele proponer un enigma para introducirnos sin prisa, mágicamente, de nuestro mundo cotidiano al mundo imprevisto de la fábula («Mi relación con don Callejas se inició aun antes de mi nacimiento y siguió más allá de su muerte...»). Luego sentimos el costado lúdico de los contrastes, la ironía, la ternura («Quizá le fallé como discípulo al no tratar de impedir su última locura»), acaso la broma y quizá la secreta melancolía («Cuando reconoció a sus deudos ya muertos, supo que no estaba soñando»). Se acerca, en algunos casos, a las visiones terroríficas de Chesterton o de Kafka. Pienso en el cuento «Un viaje extraordinario», donde el protagonista es un codicioso bibliófilo, quien se vanagloria de saber de memoria el anatema del Concilio de Trento («Si alguien leyese o poseyese libros de herejía o escritos de cualquier autor condenado y prohibido por razón de herejía o sospechoso de falsas enseñanzas, sufrirá inmediatamente la sentencia de excomunión»), se asume como pecador por acumular cuatro mil volúmenes que a lo largo de los siglos engalanaron las páginas del *Index Librorum Prohibitorum ex Expurgatorum*, y se ve de pronto convertido en una mosca.

Pablo Martínez Burkett maneja con soltura las palabras, sabe muy bien por dónde pasa la literatura y sabe contar espléndidamente un cuento. Es un hábil manejador de las tramas y de los desenlaces imprevisibles, que pone en la piel de sus protagonistas. Este procedimiento le permite lograr un efecto dramático y no pocas veces humorístico de sus puntos de vista.

En una época, sino me engaño, en que se prefieren las cacofonías, las frases truncas y las feas palabras, nuestro escritor practica el arte, hoy casi perdido, de escribir bien, de preocuparse por adjetivar originalmente, de imaginar curiosos argumentos y de utilizar recursos claros.

Celebro sinceramente estas páginas. No abundaré en el análisis de cada texto; las historias que aguardan deben ser leídas con todas las palabras, con todas las circunstancias y con toda la calidad literaria empleada por su autor al escribirlas. Puedo anticipar, eso sí, que los intensos relatos que esperan al lector son un modelo de sincera imaginación. Nada es casual en ellos, cada fábula ha sido soñada y desarrollada con rigor minucioso.

Roberto Alifano

Regreso a Los Perales

Hace algún tiempo, mi secretaria me informó que el jefe de comuna de un pueblito de la provincia de Buenos Aires deseaba mantener una entrevista. Con algún desconcierto, le indiqué que fijara fecha para cuando se pudiera y me olvidé del asunto. Una mañana, al repasar las actividades del día, tuve que preguntar quiénes eran estos «Juan Pascual Pringles y Patricio O'Sheaghnassy SJ» anotados para antes del almuerzo. Puntualmente, tenía en la sala de espera a un chacarero que parecía escapado de un libro de historia y a un cura. Salí a recibir a tan impropios visitantes, tratando de adivinar las razones por las cuales estaban allí, mientras me prometía aleccionar a mi secretaria sobre la clase de clientes que preferíamos.

El «Jefe Pringles» era de porte robusto y se lo notaba incómodo de saco y corbata. Llevaba un bigote que se continuaba en unas anacrónicas patillas. Era evidente que la vida rural lo había vuelto parco en el gesto, pero el hábito de los grandes espacios le impedía hablar de otra manera que no fuera a los gritos. En cambio, el Padre... como quiera que se llame, era diminuto y la sotana apenas podía contener el abdomen. Al contrario de su compañero, probablemente el contacto con lo sagrado lo inclinaba a magnificar el ademán, mientras que el ejercicio del confesionario lo había acostumbrado a hablar en voz baja. Si los primeros minutos fueron incómodos, los siguientes fueron definitivamente intolerables. A pesar de mis gestos de ansiedad, los visitantes se prodigaban a coro sobre detalles de la geografía, historia, datos del último censo agropecuario y otras curiosidades de Los Perales. Cuando ya la emprendían con el capítulo flora y fauna, aproveché un intersticio y reclamé conocer la causa de su presencia. Se miraron entre sí, absolutamente desorientados, y don Patricio, como por fortuna me autorizó a llamarlo, con beatitud elevó la vista al Cielo y casi como con reproche me respondió:

—¿Pero para qué va a ser, m'hijo? ¡Para contratar su escritorio!

Quise interrumpir para explicar que seguramente se trataba de un malentendido, pero blandiendo el cerril bigote, el jefe comunal me hizo un gesto de silencio y, bajando la voz, me dijo:

—No sabe lo que nos costó encontrarlo, mi Coronel. Pero quédese tranquilo, que no es mucho el sacrificio que le vamos a pedir por ahora. Díganos cuánto es la *cuota* y le damos nomás...

Antes de ponerme a porfiar con que no ostentaba rango militar alguno, multipliqué por cinco el abono mensual de mayor exuberancia y se los lancé, esperando espantarlos.

—Me imagino que nos va a hacer precio por cantidad —contestó muy serio el curita.

Y para mi asombro, se pusieron a llenar unos cheques. Me costó un rato asimilar que no se trataba de una broma de cámara oculta y que realmente estaban dispuestos a pagar una obscenidad por servicios legales que, difícilmente, fueran de su utilidad. No sabía si reírme o llorar. En un último intento disuasivo, mencioné la necesidad de firmar un convenio de honorarios, pero ya no me escuchaban. Pepe Morsa dio por cerrado el acuerdo y me estrujó en un abrazo. A su turno, Don Patricio me bendijo. Estaba tan aturdido que por reflejo, creo, me incliné y le besé la mano.

Así fue como la Comuna de Los Perales y sus más caracterizadas empresas se transformaron en fundamentales clientes de nuestro Estudio. Estrictos en el pago, ausentes en la consulta.

Transcurrió poco menos de un año cuando abrí una invitación personal para asistir a los festejos del *175° Aniversario de la Batalla de Los Perales*. Estimé que era una ocasión oportuna para tributar agradecimiento y le pedí a mi secretaria que investigara un poco sobre ese episodio que no lograba recordar. Al rato volvió mordiéndose el labio inferior. Tanto libros como enciclopedias ignoraban el suceso. Me sumé a la búsqueda y, tras mucho peregrinar, terminamos hallando un opúsculo titulado *Historia de los Hijos de Irlanda en la Península Ibérica y las Colonias de Ultramar*, del hispanista Bryne Craughane. En una escueta anotación a pie de página, se mencionaba «La carga del

Fortín Perales», comandada por un irlandés acriollado de nombre Wycombe Lambkert. Según pudimos constatar, luego de la derrota de Oncativo, Facundo Quiroga se refugió en Buenos Aires, mientras los unitarios desataban una ola de terror. Por una delación, una partida del General Lamadrid se internó hasta el entonces Fortín Perales, donde la bravura del destacamento local postergó el sino que, cinco años después, alcanzaría al Tigre de los Llanos en Barranca Yaco. Sopesando la pequeña fortuna que les veníamos cobrando sin dar nada a cambio, encargué a un maestro platero de mi amistad un servicio de té conforme un diseño irlandés del siglo XVIII, que me había llamado la atención en una revista de anticuarios. El artista logró una similitud notable. Muy satisfecho y antes de enviar el presente, adicioné de puño y letra una esquelita, ensalzando la gesta del preclaro Lambkert y su contribución a la causa federal. Una fuerza irresistible me hizo terminar con un: «Federación o Muerte – Mueran los Salvajes Unitarios». Sorprendido, volví a escribir la tarjeta, pero sin la proclama final.

Un par de días después, recibí un llamado del Jefe. Lo noté infrecuentemente agitado. De manera increíble, conocía mi talle de ropa y calzado y se limitó a confirmarlo. Dio por sentado que había recibido la invitación, enfatizando la vital importancia que mi persona tenía para el desarrollo de los festejos. Fue tal la catarata de halagos que no pude desplegar la variedad de excusas que había pensado para justificar mi ausencia. Reiteró el día y hora en que un *charter* pasaría a buscarme y colgó. Yo había chequeado con el *courier* que el regalo había sido entregado, pero sin embargo no dijo nada. Indulgente, lo atribuí al desborde de la celebración.

Finalmente, llegó el día. Cuando uno alcanza cierta edad, toda alteración de las pequeñas rutinas resulta un verdadero incordio y ésta no era la excepción. De muy mal talante, abordé el microbús. Un solícito chofer acomodó el mínimo equipaje mientras me decía:

—La cena se sirve en San Andrés de Giles, mi Coronel.

«Y dale con la confusión», pensé en el colmo del fastidio.

Un par de voces me saludaron muy atentamente desde la oscuridad; poco dispuesto a confraternizar, me limité a asentir. Traté de abstraerme del entorno, concentrándome en las páginas de un libro. Al rato, me ganó el sueño y pronto fui depositado en las garras de una pesadilla.

—Mi Coronel, la comida. —Me despertó un vozarrón.

Me bajé entumecido para ingresar en un parador anexo a una estación de servicio. Pregunté y me indicaron el fondo del salón comedor. Embarullado aún por el terror experimentando durante el sueño, me senté en una mesa vacía. Los camareros parecían no verme. No tuve otro remedio que mudarme hasta una mesa donde ya había una persona atacando un pollo. A mi derecha, ubicaron a una señorita que tenía menos de Dulcinea que de Aldonza. Pocas cosas me desagradan más que comer con perfectos desconocidos. Y encima, dos renegados de las buenas maneras. Pero no tenía opción. No obstante, cuando el morochazo a mi izquierda empezó a escarbase los dientes, decliné del placer de su compañía y salí a la ruta. Ganado por la angustia de no tener nada que hacer, traté de conectarme con el celular, pero fue imposible. En donde fuera que me encontrara, el mundo conocido quedaba ya muy lejos. La novedad de un cielo renegrido y el ondulante titilar de las estrellas hicieron más evidente la orfandad. Reprochándome por haber dejado de fumar, me refugié en mi asiento. Comprobé que mis compañeros de mesa integraban el pasaje. A poco de reiniciado el viaje, me volví a dormir. De forma imprevisible, torné a soñar con las mismas cosas horribles. Un barquinazo me despertó y advertí que íbamos por un camino de tierra. La noche nos engullía y los faros parecían iluminar fantasmas en el polvo. Al rato, me sorprendió el amanecer de un horizonte distante. Una paulatina sucesión de casas me sacó de la ensoñación. Habíamos llegado a Los Perales.

El comité de bienvenida estaba ordenadamente dispuesto y, ni bien bajé, se zambulleron a recibirme con afectada pompa. En tropel, me llevaron a la casa del héroe. El coronel Lambkert había erigido un anómalo castillo recostado contra la laguna. A pesar del tiempo transcurrido, la construcción mantenía una considerable lozanía. Aturdido por el coro que me invitaba a admirar algún detalle, fui pasando a través de distintas habitaciones, tironeado por manos callosas que me urgían a reparar en mosquetes, lanzas o banderas. Desde lejos, divisé mi presente en una vitrina. Con no poco esfuerzo, logré que la comitiva se dirigiera hacia allí, esperando merecer el postergado reconocimiento. Me incliné para leer el cartelito: «Servicio de té utilizado por el Col. Lambkert. Foxford, Ireland 1775». Cuando me recobré del acceso de furia, quise exigir una explicación, pero la procesión me guió hacia otras dependencias. Pronto pasamos a una galería, donde todo estaba dispuesto para un desayuno con mate cocido, pan con manteca y dulce de leche.

Mientras compartían el bacanal, se sucedían las evocaciones del hecho histórico. Aunque era evidente que se sabían de memoria las vicisitudes del combate, no faltaba quien agregara algún pormenor sobre el sanguinario agresor, una anécdota sobre el caballo pinto del Coronel o una conjetura sobre la suerte del general Quiroga. Si no hizo falta explicarme que el festejo consistía en revivir la Batalla de Los Perales, menos me asombró que me estuviera reservado representar el papel del coronel Wycombe Lambkert. Todo empezaba a encajar.

Poco a poco, me encontré abstraído del murmullo, sobrecogido por una miríada de pajaritos que me puso en trance hipnótico. El olor a pasto inundaba mis pulmones. Sentí que el tiempo se detenía y que, morosamente, me convertía en parte de todas las cosas. Hubiera querido permanecer así para la eternidad, pero el Jefe Pringles quebró el encantamiento:

—Es hora de empezar a vestirse, mi Coronel.

Y como respondiendo a un salmo, don Patricio agregó:

—Acá la Justina va ayudarlo en lo que sea menester.

Sumisa, la mujer se paró y me señaló para adentro. Me pareció natural que se tratara de mi compañera de mesa de la noche anterior; la seguí. Mansamente, fui removiendo mis ropas de ciudad. Con unción, la Justina me iba alcanzando las prendas que quitaba de un maniquí: unos calzones largos, una medias de algodón, una camisa de lienzo; un pantalón de montar; un chaleco de paño, un par de botas negras de caña alta y una casaca azul larga, tipo frac, con peto acolchado, nueve botones de bronce y cuello rojo punzó,

17

bordado con hilos de oro. El uniforme llevaba charreteras de pala negra con canelones dorados. Pasó el cinturón y me ayudó a ponerme el correaje. Completando el atuendo, me alcanzó un bicornio azul rematado en cada pico con unas borlas. Me arregló primorosamente un poncho colorado alrededor del cuello. Dejó para lo último el sable de caballería. Tenía hoja ancha y curva, con guarniciones de latón al estilo francés y dragona dorada. Tomándolo por la vaina, se lo colocó sobre el antebrazo y, haciendo una inclinación de cabeza, me lo entregó. Cuando cerré mis dedos contra el mango de bronce, me recorrió un profundo escalofrío. Con recobrada pericia, lo fijé en el tahalí. La Justina, satisfecha, descorrió las sábanas que cubrían un espejo y entonces me vi.

El reflejo me resultó abominablemente familiar. No tuve tiempo de enfocar el recuerdo porque, como si me hubieran estado espiando desde siempre, el Jefe Pringles y don Patricio abrieron la puerta. Cuando salí a la galería, se hizo un profundo silencio. Ya me esperaban mis soldados, las lanzas apoyadas con estudiada suficiencia en el estribo. El chinazo que también había comido conmigo, ahora vestido con galones de Sargento Mayor, me trajo de la brida al pinto y me ayudó a montar. Lentamente fui pasando revista. Estaban tan vistosos con sus casacas coloradas y los calzoncillos cribados. Aunque mantenían rigurosa vista al frente, muchos no pudieron evitar mirarme a los ojos, en señal de aprobación. Identifiqué por el aro en la oreja a los que habían servido conmigo en el Regimiento de Granaderos a Caballo.

—¡Tres vivas por el coronel «Lamber»! —gritó el Sargento Mayor y todos se le unieron.

Se dieron las órdenes precisas y al paso nos fuimos acercando a tomar posiciones de batalla. Mientras avanzaba con el aplauso de los vecinos, la Justina se acercó con un mate y luego me besó en los labios. Con tristeza me despidió:

—No se olvide que siempre lo voy a estar esperando, mi Coronel.

La gente tomó su lugar en las gradas. El Jefe Pringles, conmovido hasta los huesos, dijo unas pocas palabras y el Padre O'Sheaghnassy rezó una oración. Todo estaba dispuesto. Allá lejos, traído por un suave viento pampero, empezó a sentirse un redoble de tambores. Mis Colorados estaban impacientes. Adelanté el montado, saludé al palco y luego me dirigí a los soldados.

—Hombres de la Santa Federación: ¿veis esa muchedumbre de lanzas y sables? ¡Son los pérfidos unitarios! Muchos de ellos también son veteranos de la Guerra de la Independencia, pero no temáis, llegó la hora de regar con nuestra sangre los suelos de la Patria. Es preferible perecer a rendir al amigo General, Don Juan Facundo Quiroga. Camaradas: aprestaos para la gloria.

Y ya parado sobre los estribos y blandiendo el sable sobre el hombro, miré al cielo y grité:

—El Supremo Hacedor nos contempla. ¡Hermanos míos, a la carga!

Y así nos encaminamos hacia nuestro destino, mientras el ejército unitario empezaba a acribillarnos con fuego de fusil y artillería. El sol reverberaba en una llanura que se acortaba a medida que nos acercábamos al galope tendido. A pesar de los huecos que la muerte

19

de caballos y jinetes producía, la disciplinada montonera, sin inmutarse, proseguía la osada carrera. Cuando los caballos llegaron a unos 300 metros, la batería enemiga lanzó una bocanada de fuego y metralla. La primera fila prácticamente quedó diezmada, pero sin detener la marcha, la segunda llenó los blancos. Con loco furor, caímos sobre el enemigo. En medio de las nubes de polvo y humo, sólo se veían brillar los sables esparciendo flores carmesí. Engolosinados con el asalto a los cañones, no pudimos ver a la gente de a caballo que apareció detrás de una isleta de árboles y una descarga brutal nos barrió el flanco. A partir de allí, todo fue un caos. Relinchos, sangre, gritos, disparos, lanzas que se quebraban, carne que se amputaba, brazos que no respondían. No se podía ver, no se podía respirar. En un desesperado esfuerzo por romper la encerrona, mis jinetes se abrían paso a los tajos. Una última embestida y la jornada era nuestra. De repente, un estruendo me dejó sordo y, antes de rodar con el caballo, me hundí en una sensación de vació, semejante a un sueño.

Como a los demás prisioneros, me tenían arrodillado en el suelo, las manos atadas en la espalda. Alguien me había puesto un cigarrito de hoja en los labios. En ese momento, los únicos sonidos que se escuchaban eran los pistoletazos despenando a los alazanes irrecuperables. Mientras fumaba con recuperado placer, cavilaba sobre la insensatez humana de creer que todo responde a un plan. Más insensato, me pareció atribuir ese plan al deliberado trazo de una divinidad que, aunque caprichosa e incognoscible, es preferida a tener que admitir que estamos solos. Solos, sin propósito ni consuelo.

A la distancia, creí divisar al Jefe Pringles y al Padre. Quise imaginar que sonreían satisfechos. Supuse que el público en las gradas todavía aplaudía. El degollador le abrió una sajadura limpita al Sargento Mayor. Se cayó prácticamente entre mis piernas. Creo que con el ahogo postrero alcanzó a murmurarme: ¡A la orden, mi Coronel...!

Una vez más, la Justina volvería a dormir sola.

Había algo allá afuera

Nos convencimos de que, dada la relatividad de las
magnitudes todas, nadie de nosotros sabrá nunca si vive o no
dentro de un zapallo y hasta dentro de un ataúd.

Macedonio Fernández, *El zapallo que se hizo cosmos*

Todas las noches, luego de encender el sistema de alarmas, tengo que abrir la puerta de mi casa para que el circuito se active. No hay peligro alguno porque vivo en un barrio rodeado de alambrado olímpico, puesto de guardia en el acceso y rondines de seguridad por las calles internas. Eso me permite estacionar el coche cruzado, a dos metros de la entrada. Aquí, en las afueras de la ciudad, puedo llevar una vida reposada y sin muchas relaciones al punto que, para exiliar a los vecinos, me compré todos los lotes linderos. No es por nada, pero disfruto mucho de mi soledad. He sabido administrar con recato una herencia y soy de gustos más bien recoletos. Salgo lo mínimo indispensable para abastecerme y comprar algún libro. Prefiero la realidad que encuentro en la literatura a la ilusoria existencia del mundo sensorial. Mayormente, ocupo las jornadas en transitar por las queridas páginas. En verano, bajo el sauce; en invierno, ovillado junto a la chimenea. Una exquisita selección de música barroca es mi única compañía, salvo una señora que hace la limpieza y me consiente en las comidas. No necesito nada más.

Antes de acostarme siempre verifico que todo conserve el orden preestablecido, acomodando cada objeto en la posición exacta. Una errada perspectiva llevaría a catalogar mi conducta como trastornada. Pero no. Son simples precauciones que tomo. No hay nada de malo en revisar tres veces las llaves del gas y dos, la caldera. Tres y dos. O controlar que ventanas y puertas estén clausuradas. Sé que en mi celo reposa buena parte de la perpetua identidad de las cosas. Y la ceremonia nocturna sólo se completa al activar la alarma.

La noche de mi condenación, introduje satisfecho la clave y abrí la puerta. Un hedor nauseabundo me hirió la nariz. Me pareció entrever un bulto sobre el coche. Unos perros lejanos gruñían. Convencido de que no había sido más que un engaño de los sentidos, me apresuré a cerrar y a subir.

El día siguiente se sucedió sin sobresaltos, pero al llegar la tardecita, me encontraba infrecuentemente agotado. Comí de modo frugal y quise irme a descansar temprano. Apuré el examen. Tecleé los números y entonces recordé lo sucedido la noche anterior. ¿Será que una distracción ha desencadenado lo aborrecible? Aunque abrí cauteloso, me demoré un poco más, lo suficiente como para comprobar que nuevamente allí estaba. Atranqué con precipitación y me quedé apoyado contra la puerta, mientras intentaba que el corazón se aquietara. Los perros ladraban enloquecidos. No podría describir qué era, pero sin dudas, algo estaba sentado sobre techo del auto. Era oscuro, erizado, y sobre todo, con unos ojos que llameaban en la penumbra. Y no, no era un gato. Tampoco una comadreja. Era algo más grande y menos concreto. Y olía a cloaca. La aceleración de los pitidos anunciaba que pronto el sistema quedaría armado. Estuve tentado de permanecer así, para que se disparara la alarma y vinieran a rescatarme. Subí corriendo y me metí vestido en la cama. Un chasquido más largo me garantizó la protección del mecanismo electrónico, pero la tranquilidad no duró mucho. Unos arañazos sobre la chapa, quizás un bramido, me atravesaron el alma. Salté del lecho y febril, atisbé por la ventana, primero guarecido tras la cortina, luego directamente, a través del vidrio. No vi nada. Me felicité. Si llegaba la policía para conjurar los estragos de lo que no está, la conspiración de los vecinos hubiera quedado justificada.

Pretendí explicar la aparente ceguera, culpando a las ramas de un liquidámbar que entorpecían la vista. Era impostergable su poda. Como ninguna precaución es suficiente, lo mandé a talar. Consternado, comprendí que en otoño ya no disfrutaría del concierto en ocre, amarillo y bordó, pero me resultó imperativo negar albergue a tan alevoso asaltante. También me comuniqué con la compañía de alarmas. Hice certificar la sensibilidad de los censores. Fue preciso adicionar una suculenta propina porque era la quinta vez en el año que los citaba. Ni así logré conmover el malhumor de los operarios. Últimamente hay cada guarango a cargo de la atención al cliente.

Con todo, me había olvidado de la visita de unos sobrinos que, con la excusa de presentarme a su primogénito, venían a examinar mi estado de salud mental. Como si no supiera que ambicionan la propiedad y ya se figuran viviendo en ella. La inoportuna presencia no me privó de observar la liturgia pero sí de prender el sistema. Sé que son capaces de cualquier artilugio para despojarme de la casa y no quise afrontar lo que había ahí afuera con los parientes dentro. De todas formas, me quedaba el atalaya de mi cuarto.

Con grave irreflexión, abrí la ventana. Como no conseguía ver, asomé casi medio cuerpo. Los perros estaban enardecidos y la pestilencia me dio arcadas. Arreciaba la codicia de lo maligno. Me acosté y mal dormí las dos noches que duró la revista familiar. En ambas, me desperté cuando el reloj marcaba las 3.33 de la madrugada. Era otra señal, otra certeza de que lo abominable reclamaba su trono. En la mañana, si bien no hubo forma de evitar que me exhibieran las monerías del pequeño energúmeno, igual me las arreglé para entregarme a toda clase de permutación numérica deseando descifrar el augurio. Probé cuanta alquimia pudo concebir mi pobre matemática, aún el significado de los sueños en la quiniela, pero fue inútil.

Por suerte se marcharon, satisfechos de verme tan alterado. Ni les presté atención. Ahora tenía cosas más importantes que resolver porque producto de las pesquisas científicas, sabía que era el plenilunio. Por fin quedaría expuesto aquello que me hostigaba. De la excitación, no pude probar bocado. Ni siquiera un libro de Cortázar fue suficiente para mantenerme ocupado.

—Lo único que me falta —pensé no sin una cuota de impudor— mi mente está representando una versión anómala de «Casa Tomada». Procuré calmarme repasando las diferencias: yo vivo solo y nunca fui un polludo. No escucho ruidos dentro de la casa sino que vengo tolerando la amenaza de unos ojos repugnantes. Pero, por sobre todas las cosas, no estoy dispuesto a abandonar mi hogar. Pese al repetido espanto, voy a confrontar al usurpador.

Despedí con anticipación a la mucama. Me hizo jurarle que me sentía bien. Mientras aguardaba la hora precisa, me abismé en el terror al descubrir que estaba indefenso. No tengo crucifijos ni imagen religiosa que blandir (en realidad, carezco de fe donde guarecer mi orfandad). No poseo armas de ninguna clase, salvo los cuchillos de cocina. Desahuciado, peregriné por las habitaciones. Del minucioso escrutinio, decidí descolgar una réplica de la espada del Mío Cid. Quizás hubiera sido mejor un ínfimo cuchillo. Al menos tiene filo.

La espera había acabado, era tiempo de salir. Abrí con urgencia, confiando en tomar por sorpresa a las fuerzas hostiles, pero ni aún con la luz de la luna llena conseguí enfocar. Los perros aullaban como poseídos. De repente, estalló el olor infernal y luego, un par de brasas centellaron a menos de dos metros. Fue un instante de hesitación. Un ardor me inflamó el cuerpo. Aferré la falsa espada y cargué a los gritos. Una carcajada me devolvía los tajos con los que vanamente hendía las tinieblas.

No estoy seguro, pero creo que un vecino me encontró tirado entre las columnas de la entrada. Cuando recobré el sentido, yacía en mi cama. Estaba incapacitado, supongo que bajo el efecto de un sedante. Alcancé a escuchar al médico cuchichear con la empleada y mis sobrinos detrás de la puerta. El veredicto me sonó vago. Algunas palabras me indicaron que se hacían arreglos para depositar a una persona en un reconocido hospicio. No quise imaginar la sonrisa en los pérfidos rostros y antes de dormirme, me desentendí del asunto. Ya era la vida de otros. Otros, que tendrían que lidiar con algo que había allá afuera.

Un viaje extraordinario

Sin embargo, como la vida fluye y no quiero morir sin entrever lo sobrenatural, concurro a lugares propicios y viajo.

Adolfo Bioy Casares, *Un viaje o el mago inmortal.*

¿Oh, Dios, podré finalmente relatar lo que me ha pasado? ¿Encontraré palabras que lleguen a transmitir tan extraordinarios, tan horrorosos sucesos? ¿Cómo hallar en este limitado mundo imágenes para referir lo vivido aunque más no sea a través de símbolos? (claro, primero tendría que desentrañar si lo viví, lo soñé o, como gustan conjeturar algunos, si fue una anticipada visión de los Infiernos). Tampoco puedo dejar de advertir que han llegado hasta mis oídos las murmuraciones de la servidumbre y los comentarios socarrones que vierten acerca del «viaje del Amito», pero juro por mi honor de caballero que en ningún momento me entregué a esa bebida oriental a la que solía ser tan aficionado. Hace rato que la he abandonado porque, como dicen los Proverbios, «Entra suavemente: mas a la postre muerde como culebra y esparce veneno como la víbora».

Como todos saben, mi biblioteca es reputada como una de las más valiosas que jamás hombre alguno haya logrado poseer. La fama de sus libros ya ha superado los límites de la comarca y acuden a consultarla de las más remotas regiones y de no menos eminentes universidades. Si hasta el reconocido bibliófilo Manuel Acevedo me ha honrado con la elaboración de un minucioso catálogo que, según me han informado, pronto dará a la imprenta.

Pero faltaría a la verdad si no remarcara que su nombradía se debe en gran parte a los libros prohibidos que contiene. Aunque me sé de memoria el anatema del Concilio de Trento («Si alguien leyese o poseyese libros de herejía o escritos de cualquier autor condenado y prohibido por razón de herejía o sospechoso de falsas enseñanzas, sufrirá inmedia-tamente la sentencia de excomunión»), he sido minuciosamente concienzudo a la hora de acumular casi todas las cuatro mil obras que a lo largo de los siglos engalanaron las páginas del *Index Librorum Prohibitorum et Expurgatorum*. Es claro que la censura eclesiástica nunca hizo mella en este irredento pecador. En lo que conviene a la presente relación, baste decir que acuno primeras ediciones de obras tales como *De revolutionibus orbis coelestium*, de Copernicus; *Pensées*, de Blaise Pascal; *Ethica ordine geometrico demonstrata*, del sublime Spinoza; *Lettres persanes*, de Montesquieu; *Essay Towards a New Theory of Vision*, del buen Obispo Berkeley; *An Enquiry Concerning Human Understanding*, de David Hume; *Kritik der reinen Vernunft*, de Immanuel Kant; *The Rationale of Punishment*, de Jeremy Bentham; *Die Welt als Wille und Vorstellung*, de mi amado Schopenhauer y *Die Geburt der Tragodie oder Griechentum und Pessimismus,* del intemporal Nietzsche.

No obstante, aunque me han brindado momentos de íntima felicidad, no son éstas las posesiones más preciadas, sino la colección de bestiarios medievales. Estos *bestiarium vocabulum* versan sobre todo género de animales, reales o imaginarios, exóticos, imposibles y también monstruosos, mezclando dogmas cristianos con recensiones zoológicas, mitos y leyendas. Alcanzaron su apogeo en Francia e Inglaterra cerca del siglo XII y expertos de reputada erudición coinciden en afirmar que todos abrevan en una única fuente, un volumen anónimo, vertido al griego probablemente en Alejandría y hacia el segundo o cuarto siglo de nuestra era, llamado *Physiologus.* Sobre esta base, los píos frailes fueron adicionando material proveniente del Libro XII de las *Etymologiae,* de Isidoro de Sevilla; el *Liber Memorabilium,* de Solinus; el *Hexaemeron,* de Ambrosio; el *Megacosmus,* de Bernardo Silvestris o el *De Proprietatibus Rerum,* de Bartholomeus Angelicus.

Sabido es que ninguna copia ha sobrevivido del original griego del *Physiologus* y aquellas que aún perduran son traducciones latinas posteriores. Sin embargo, siempre corrió un rumor sobre la existencia del llamado *Smyrna Codex,* magnánima labor que copistas e iluminadores habrían realizado hacia 1100 y cuyo último rastro se extravía en un incendio de 1922. Se comprenderá entonces el grado de excitación que se apoderó de mi espíritu cuando me informaron que podía hacerme del desaparecido *Código de Esmirna.* Mi voluntad no midió gastos ni reparó en escrúpulos. Finalmente, logré dar con el manuscrito, bajo circunstancias que no son del caso referir. Admito que mis métodos no descartan la delación, el soborno y aun la muerte, pero baste recordar a Lutero cuando enseñaba que, si vas a pecar, *pecca fortiter.* El hecho es que, temblando de exaltación, con tan excelso tesoro entre mis manos, me encerré en mi biblioteca, dando precisas órdenes de no ser molestado. Sin soportar un instante más de espera, con la veneración y el recogimiento de quien se encuentra frente a aquello que ha amado aun antes siquiera de conocerlo, me calcé los guantes, abrí la bolsa que guardaba la joya y, con infinita piedad, empecé a repasar los ajados folios. Con un sentimiento que prefiguraba la felicidad, sentí que ya podía desplomarse el universo y no importarme. Fue entonces cuando sucedió el primero de los horribles prodigios.

Como respondiendo a la orden de mis pensamientos, el mundo que me circundaba —la biblioteca, mi biblioteca— se desplomó y desapareció. Me encontré al levantar la vista (y sin que hubiera acertado a moverme siquiera un milímetro) en lo que parecía una cocina. Aquel lugar se prorrogaba en paredes ennegrecidas. Un agrio olor a humo y encierro me hacía picar la nariz; interminables filas de cacerolas se adivinaban esparcidas por todos lados; el borbotar de un invisible caldero atormentaba el silencio. A decir verdad, la ínfima bombilla no facilitaba la inspección de estancia tan enorme. No atinaba yo a pronunciar palabra, procurando darle una explicación racional a este repentino engaño de los sentidos, mientras seguía con la mirada las evoluciones de una de las incontables moscas que pululaban por el lugar. Reparé en una de ellas, atrapada en una telaraña. La pobre, tratando de escapar, mientras más se revolvía, más se enredaba. «Esto me recuerda a ciertos hombres», pensé para mí. Y nuevamente, en terrible respuesta a mis pensamientos, como si hubiera pronunciado la secreta fórmula de un encantamiento, quedé convertido en mosca. Guiado por ignorado designio, me eché a volar.

En vano, probé recobrar mi apariencia (ya que conservaba toda mi conciencia humana). Con menos certeza que esperanza, recité algunas fórmulas para sortear nigromancias y endriagos. Ante lo infructuoso de tales intentos, decidí investigar la vida de las moscas, con el secreto deseo —si alguna vez volvía a ser el que había sido— de agregar mi nombre en la selecta lista de autores de bestiarios: ninguna de tan célebres plumas podría igualar mi autorizado relato. Así, pronto me confundí con las demás y comencé a escuchar sus conversaciones. Aunque resulte difícil de creer, el comercio de la palabra le ha sido otorgado a seres tan abyectos. No encontrándome capacitado para participar de tanta urbanidad, salí a recorrer la cocina: vi a unas moscas madres enseñando a volar a la prole; vi a unos moscos que se entretenían haciéndole la corte a unas, que se hacían las mosquitas muertas; vi a unas moscas viejecitas que, mientras recordaban tiempos mejores, cuidaban a las larvas; vi esparcidos por el piso a una apreciable cantidad de mis semejantes, las moscas, con las alas chamuscadas.

Espoleado por el temor y la curiosidad, pregunté a un mosco que por allí pasaba si conocía la causa de tamaño infortunio. Desinformado de la existencia de socorridas reglas de cortesía, se limitó a dirigir una mirada envenenada hacia la bombilla de luz, sin siquiera detener su vuelo. Me acerqué a una distancia prudencial, en el preciso momento en el que un deslumbrado mosco cerraba su vuelo sobre el solitario artefacto. Rozar el vidrio candente fue su último acto. En morosa caída, pasó a engrosar el número de víctimas que yacían muertas en el suelo.

—¡Cómo goza ese engendro! —Me sobresaltó una vocecita a mis espaldas. Se lamentaba una anciana mosca que apenas conseguía mantenerse en vuelo—. Es un artefacto maligno, que goza con su juego siempre mortal. Deja que nuestros mejores muchachos se le acerquen encandilados por su brillo y, cuando se empiezan a felicitar por el logro, les da su abrazo de fuego. Nunca falta el temerario que, creyéndose más fuerte, pretende llegar a su corazón de metal. ¡Y todos terminan igual! —Se fue la vieja recitando sus pesares, dejándome con melancolía por mis tiempos de hombre. Me cuidé muy bien de no pasar cerca de la luz, no fuera también a quedar atrapado en su canto de sirenas.

Cierto día, apareció un mosco de otros lares. No tenía detalle que lo diferenciara de cualquiera de nosotros y, sin embargo, pronto lo supimos distinto. Tal vez fuera su modo de volar, tal vez su modo de mirar o tal vez, simplemente, no poseyera diferencia alguna salvo para nosotros. Algunas mosquitas se entregaron presurosas a conquistar sus encantos, pero este mosco no pretendía amoríos, no al menos de ese tipo. Venía por la luz. Dispuesto a presenciar el fatal desenlace, me situé de modo que siempre pudiera dominar todo el escenario. El cortejo no tardó en entablarse, demostrando el osado que no sería presa fácil de la diabólica luz. Asistimos a largos días de increíbles coqueteos, de acercamientos casi mortales, de alejamientos planificados, de combates que, si por desiguales, no menos placenteros. La viejita se rascó la cabeza y, expresando lo que todos pensábamos, dijo con simpleza:

—¡Qué raro, lo está haciendo durar demasiado!

Aunque nadie podía dar crédito a lo que estaba pasando, con el correr de los días tuvimos que aceptar que tal afirmación era viable. Prorrogando inexplicablemente el abrazo, lo dejaba casi tocar el vidrio y nada ocurría. Un estado de algarabía se apoderó de toda la colonia. Por mi parte, creo que hasta empecé a sentirme como aquel joven que alguna vez había sido, lleno de ilusiones, lleno de fe.

Por fin llegó el ansiado día. Todos estábamos allí, mudos testigos de ese portal que iba a abrirse en lo inverosímil. La luz resplandecía con un fulgor desconocido. El mosco, con gesto sereno, pero no falto de resolución, se fue acercando. Fue precioso, fue minucioso. Detuvimos la respiración en el instante en que se tocaron. No pudimos evitar gritar con desenfreno. Allí estaban, los dos, juntos, para siempre. Era la gloria. Mientras hacíamos rondas, sucedió lo imprevisto. O tal vez... quién sabe. De repente, la luz se sacudió con pesadez y, con una descarga, atravesó de lado a lado al mosco que cayó herido de muerte. La desolación se apoderó de todos nosotros: ¿qué había fallado? ¿Es que podía esa maldita luz aspirar a alguien mejor? ¿Por qué lo dejó hacer si al final lo iba a matar como a los otros? ¿Cómo fuimos tan crédulos? Las preguntas iban aumentando al ritmo de nuestra ira y ya algunos, aun a riesgo de dejarnos irremediablemente a oscuras, buscaban cómo deshacerse de la luz.

—Déjenla, va a estallar sola. Con éste se gastó más de la cuenta —fue la última reflexión de la vieja mosca.

Me fui para llorar de pena. El mosco yacía muerto con lo que parecía un trazo de sonrisa. Creo que supo todo el tiempo cómo acabaría y, sin embargo, siguió adelante. Nunca sabremos qué pretendió probarse. O probarnos. Y la luz... La luz seguía allí, aunque conjeturo que había un dejo de abatimiento en su brillo. Si bien era la misma, ya no era la de antes. Tuvo en sus manos la posibilidad de modificar la historia y, sin embargo, primó su macabro instinto. Podía sumar otra víctima.

Aleteando con desgano, me iba acercando al sillón que alguna vez me cobijara como hombre, mientras cavilaba sobre lo desatinado de este amor inhóspito. Comprendí que siempre había sido algo absurdo, algo imposible. Y súbitamente me sentí invadido por el recuerdo de centenares de lucecitas danzantes que volaban en alegre alboroto:

—Luciérnagas ¡por Dios, luciérnagas!

—Esto me recuerda a ciertos hombres —dije.

Y para llevar mi asombro a la exasperación, me encontré otra vez sentado en mi sillón favorito, encerrado en la biblioteca, con el bestiario sobre mis piernas. Cuántas veces había pronunciado aquellas palabras y cuántos, los fracasos. ¡De cuántas maneras había intentado reconquistar mi aspecto humano y ahora, sin proponérmelo, había regresado!

Así culminó mi abominable experiencia. Por más que reveo todas las teorías que la febril mente humana alumbrara (y mi censo no ha descartado lo descabellado ni lo falazmente verosímil), no alcanzo a desentrañar el designio que me llevó a atestiguar tan extraordinarios hechos. Un permanente horror me envuelve.

No me animo a esbozar algún deseo, temeroso de que, al pronunciar una palabra arbitraria, al realizar un impensado ademán, un nuevo encantamiento me pierda en la cadena de causas y efectos. Nada es como antes, mi vida ya no tiene sentido. Felizmente, comprendo que mis bestiarios, los libros de mi biblioteca, la biblioteca, todas las bibliotecas del universo, el mismo Universo, encierran solamente vagos símbolos que pretenden contener lo incontenible. Que no existe signo, palabra o gesto que encierre la verdad. Porque la verdad contradice y refuta todo lo escrito. Todo. Aun esto.

La doncella de hierro

—Soy un hombre —contestó gravemente el Padre Brown—.
Por eso tengo el corazón lleno de demonios.

G. K. Chesterton, *El candor del Padre Brown*,
"El martillo de Dios".

L os oscuros acontecimientos que me alojaron en este Hospicio de la Quinta del Sordo no vienen al caso. Todos saben de la amistad que me unía con el profesor Alvar de Soto. También era fama su pasión por el espiritismo, la astrología y otras ciencias ocultas. No es que no se lo hubiera advertido de tantas formas. Es cierto que sus palabras pomposas y alambicadas ejercían una perversa fascinación, pero aun así, le pedí una y mil veces que no insistiera con su búsqueda frenética. Pero comprendo ahora que, tanto su destino como el mío, estaban ya escritos. No pude evitar que la lectura del *Malleus Maleficarum* exacerbara su monomanía por brujas, hechiceras y gitanas, a cuya capacidad de prestidigitación les atribuía que su miembro viril pareciera enteramente alejado y separado del cuerpo.

Tampoco pude eximirlo de la desaforada carrera de secretos autos de fe y otras expiaciones a las que, ora con el gato de las nueve colas, ora con el aplastapulgares, se sometía en reparación diaria por los nefandos actos.

Quizá le fallé como discípulo al no tratar de impedir su última locura. Sí, su última locura, la que me tiene encerrado en estas cuatro paredes. El profesor de Soto ya no escuchaba, la aflicción espiritual, que le causaba no lograr mantener comercio carnal con la pérfida Judith, era peor que soportar las penurias del Averno. No creo que haga falta referir aquí la forma en la que esa maldita marrana lo tenía sometido a sus diabólicos influjos. No lo salvó siquiera consultar el *Formicarius*, de Johannes Nider. Ya era tarde, la ronda de las brujas se había desatado. Nunca debí prestarme a ello. El atroz acto de canje, que aceptamos realizar con los demonios, será siempre una abominación que clama contra el Cielo y justifica el tormento.

Debo dejarte, estimado lector, la doncella de hierro me aguarda.

El sueño de otro

Tantas voces daban que Alicia no pudo contenerse y les dijo:
—¡Callad! Que lo vais a despertar como sigáis haciendo tanto ruido.
—Eso habría que verlo; lo que es a ti de nada te serviría hablar de
despertarlo —dijo Tweedledum— cuando no eres más que un objeto de
su sueño. Sabes perfectamente que no tienes ninguna realidad.

Lewis Carroll, *A través del espejo y lo que Alicia encontró allí*

El despertador anunció que había llegado el día. El noticiero presagiaba que la niebla iba a seguir hasta bien entrada la mañana. La carretera, que habitualmente se parece a una pesadilla, hoy es además garantía de tragedia. Trastornados conductores desafían con porfiada imprudencia al destino y pronto sus luces se convierten en fantasmas que engulle la bruma. Increíblemente, llego al centro mucho antes de lo previsto. La ciudad que elegí. O la que me eligió hace ya tantos años. La dirección me lleva por barrios detenidos en el tiempo. Busco un estacionamiento. En la calle, se desperezan gentes tan diferentes. Una risotada me sobresalta. El sisear de una bicicleta en el pavimento me reconforta. Es aquí. Antes de entrar, alcanzo a escuchar cómo un viejito saluda con familiaridad a un transeúnte que se trepa a un ómnibus. Me pregunto qué hace una persona de su edad caminando tan temprano por la calle. Entro en el edificio. Me sorprendo haciendo mansamente una cola para que me atiendan. El castellano que se habla en derredor me resulta más arduo que el inglés del *Brave New World* que estoy leyendo. Menos entiendo los tópicos en los que entretienen. Parecen conocerse todos entre sí. Es mi turno.

La administrativa detrás del mostrador pone los ojos en blanco frente al membrete en el papel que le estiro y se espanta al advertir que aguardé pacientemente mezclado como el que más. Nerviosa, musita unas palabras al teléfono y me aparta por pasillos y ascensores. Finalmente, me deposita en otro sector, reiterando las disculpas. Pronto me sacan sangre y me dan un frasquito donde debo entregar el fruto de mis riñones. Me acuestan en una camilla y, de repente, retorcidos cables fluyen desde mi cuerpo hacia un expectante aparato. Yo ya pasé por esto. Ahora la mujer de blanco va a empezar a gritar que me estoy infartando y un batallón de médicos y enfermeras vendrá a rescatarme. Curiosamente, no dice nada y sigue leyendo inmutable el borbotar sobre el papel de un alfabeto ininteligible. Empiezo a creer que algo anómalo está interfiriendo con el recuerdo. Me invade otra vez esa sensación de expatriado desdoblamiento. No me siento muy bien. Diversos planos temporales comienzan a superponerse. Veo a mi padre llorar en un rincón, mientras mi tía grita mi nombre tratando en vano de reanimarme. Ahora me veo frente al altar, esperando a una novia que avanza majestuosa por la nave central. En otro plano, un médico se rinde junto a una mesa de cirugía, mirando con frustración y pena a un occiso que lleva mi rostro. Un nuevo vértigo y me dan a tener en brazos a mi primera hija. Otro quiebre temporal y, mientras me ducho, recuerdo haber recordado todo esto. Me palpo dudando si realmente me encuentro aquí. Sin embargo, aunque no descarto haber fallecido, estoy seguro de que nunca me casé. Y cuando entré en este lugar, no tenía hijos. Una náusea, gigante como una ola, empieza a invadirme. Me vuelve a asaltar la idea de no ser sino el sueño de un muerto. La proyección de una voluntad que se niega a perecer. Necesito recobrar mi identidad, allegarme hasta un momento de indubitable permanencia.

Entre las nubes de la memoria, el ondular de un globo me hipnotiza. Es de esos brillantes, de color azul acaramelado, como un Saturno con un anillo rojo furioso. Es un verano de mi infancia, hace mucho calor. Estoy en algún recital en el Parque Sur, que está atestado de gente. Sé que lo organiza mi padre, por eso no está con nosotros. Mi madre carga a mi tercer hermano, que es un bebé de brazos. Deduzco que no debe llegar al año. Mi otro hermano andará entonces por los dos añitos. Consecuentemente, yo estoy por cumplir los cuatro. Puede que a mi cálculo le falte un año, pero no más, porque mi hermano más pequeño no había nacido y todavía hoy le sigo llevando cinco años. El globo sigue acercándose. Todos los contornos comienzan a borronearse, no hay otra cosa que el globo azul. Mi madre parlamenta con mi hermano del medio. El globero se aproxima fatalmente. Mi madre, con devota solicitud, abre la billetera y compra un globo. Por suerte es uno de los baratos, no es el mío. Los globos recobran su moroso deambular. Mi globo se recorta, perfecto, alejándose junto con sus compañeros de cautiverio. Desde mi diminuta estatura, me esfuerzo hasta verlo perderse entre la muchedumbre. Me carcome la angustia. Mi hermano, ausente a mi desdicha, sale corriendo a buscar a mi padre para mostrarle su regalo. Mi madre recién baja la vista y se topa con la imagen de la desolación. El reproche todavía me duele:

—Pero cómo, ¿también querías un globo? Si ya sos grande...

Cuatro o cinco años y ya debía ser grande. Cuatro o cinco años y ya debía acomodar el deseo a lo que se debe, que no es sino lo esperado. Hacer lo esperado. Ser lo esperado. Otra reverberación y me resbalo en el baño, quedo exánime. La perra me lame la espalda. Cuando llegan los paramédicos, dictaminan que no hay nada que hacer. Nuevamente muerto. Un aplauso cerrado me obliga a cerrar los ojos, la toga y el birrete me quedan tan bien. Si no veo mal, es el diploma de honor lo que el Magnífico Rector me otorga.

Soy todas las posibles trayectorias cruzando por el vario presente. Soy todos los vertiginosos pasados pero, también, la combinación de todos los futuros simultáneos. Soy todos y ninguno. Soy el gato de Schrödinger esperando que un observador venga a rescatarme de la incesante cadena de estados indistinguibles, donde la identidad, la diferencia y la contradicción no son percepciones excluyentes porque ni siquiera son conceptos. Me visto y retorno a la calle. No me extraña que todos los rostros me resulten familiares. El aroma a panadería me devuelve la sonrisa del niño que fui.

A punto estuve de abismarme en los diversos tiempos que reclaman mi herencia, por poco no me perdí en los múltiples universos que se jactan de mi existencia. El recuerdo de un globo saturnal ha desenmascarado al Otro que me sueña.

La estrella de ocho puntas

*Someday, the children of the new sun will meet the children of the
old. I think they will be our friends.*

Dr. Heywood R. Floyd, *2010: The year we make contact*

Despertar de la criopreservación siempre me deja con un sabor amargo y el asombro de la identidad. Abomino viajar durante tanto tiempo a merced de las máquinas. Ya sabemos dónde hemos acabado por conferirles el control. Pero para qué protesto, si yo, Ishtar, hija de Nannar, me he ofrecido como voluntaria para el Programa Segundo Contacto, uno de los frutos más eminentes del Tratado de Irkalla, ese embuste que puso fin a las Guerras de Sheratan.

Por enésima vez, estudio los manuales de la Agencia Aeroespacial. Son del todo elocuentes y, sin embargo, la especie indígena aún me provoca extrañeza. Esa mata de pelo en la cabeza denota un estadio evolutivo anterior. Y esos ojos, minúsculos, dan asco. Además, son tan bajitos y con demasiados dedos. ¿Y el idioma gutural que practican? Espero que el traductor universal sea eficiente. En esta etapa, el entendimiento será vital. No obstante, el contraste anatómico es lo menos inverosímil. Corro una y otra vez la secuencia holográfica. Aseguran que en el pasado fuimos capaces de reproducirnos así, por fricción. No consigo imaginar qué placer encuentran en ello. Aunque los estudios de histocompatibilidad están avalados por acreditadas universidades de toda la galaxia, tengo algunos reparos. Volver a equivocarnos... Admito que con las dudas me asaltan otras sensaciones, igualmente incómodas. Presiento que no serán las últimas. La conquista planetaria es inclemente con los débiles. Y la debilidad es un lujo que, como teniente del III Regimiento de Exploradoras Coloniales, no me puedo consentir. Empero, estaría más tranquila sin la ultrajante proscripción de los sables láser.

Estiro el cuello y me dejo inocular. La doctora procede y calla. Sé que comparte mis incertidumbres. Somos ocho voluntarias. La capitana nos convoca al puente. En breve será visible nuestro destino. Al principio se confunde con la negrura del espacio, pero luego aparece una esfera azul. Es cierto, la mayor parte está ocupada por océanos. ¡Agua! Zumba el sensor de la transportadora. Antes de ser vaporizadas a la superficie, me encomiendo a Tiamat para que el nativo asignado sea un buen semental. Es esto o la extinción. No alcanzo a preguntar por qué lo llaman planeta Tierra. El Programa Segundo Contacto ha comenzado.

Un destello de mente

Quien ha visto el presente, todo lo ha visto: a saber, cuántas cosas
han surgido desde la eternidad y cuántas cosas
permanecerán hasta el infinito. Pues todo tiene un mismo origen y
un mismo aspecto.

Marco Aurelio, *Meditaciones,* "Libro VI: 37".

Quisiera rescatar una memoria del olvido. Probablemente, ya se trate del recuerdo de un recuerdo o quizá, peor, sólo sea hoy una reconstrucción posterior. No obstante los años transcurridos, los
hechos siempre están allí aunque a la hora de descri-
birlos se me atropellan las palabras y debo resignarme
a una inepta colección de imágenes. Reconozco que,
aunque intenté restaurar la sensación con diverso
método, el fracaso fue unitario. Y desde aquel momento, quedé náufrago de todo amparo, vagabundo de
penumbras viejas. No me queda sino el deseo de regresar a ese estremecimiento.

Tal como lo recuerdo, hay un muchachito recostado
contra un sauce, pescando en la barranca. En sus manos, una caña de pescar. El sedal, haciendo un rulo en
el dedo, se hunde tenso en las opulentas aguas de un

río que tiene el color de la tierra. Podemos imaginar que se sueña sacando un surubí o un dorado que le valga el reconocimiento de su familia esparcida un poco más allá. O tal vez se entretenga labrando una artimaña para conquistar a la niña ésa que, inesperadamente, ha encendido su codicia. Que hostigara a su madre desde muy pequeño preguntando si las cosas eran como las veía o, de otra manera, no lo había preparado para lo que habría de protagonizar. Faltaba para que enfrentase los numerosos rostros de la Muerte y poca noticia tenía de los filósofos que luego cebarían su gusto por las interrogaciones existenciales. No sabía de la vida más de lo que pudiera entender un chico de unos doce o trece años. Así estaba, cuando de repente todo comenzó a suceder.

El trasegar de la corriente se hizo más lento, infringiendo la noción de identidad, hasta que todo se volvió corriente, en una sensación de abandono y pertenencia a la vez. Un progresivo deleite se fue apropiando de su espíritu y fue capaz escuchar el murmullo de cada átomo, pero ser a la vez átomo y murmullo; pudo concebir la procesión solar, pero también ser traza y firmamento. Las ideas de permanencia y mutación cobraron confusos significados, la impresión de quietud engendró el sentido de lo absoluto, el infinito, la eternidad, pero como símbolos desparejos, meras palabras vacías. La memoria es sinuosa, escribo ahora desde la sucesión y entonces todo estaba superpuesto, aunque curiosamente sin ocupar un lugar determinado.

No consigo precisar cuánto duró esta celebración de los misterios eleusinos, pero el chicotear del viento en los pajonales (o la zambullida de un pájaro) lo arrancó del sortilegio. Nada fue igual. Todo se convirtió en algo familiarmente difuso, al tiempo que extrañamente lejano. La improbable alucinación removió los límites del indivisible logos, que es sustancia de las cosas. Comprender que un hombre es todos los hombres lo sumió en el más abismado júbilo. Explicaciones posteriores otorgaron al rumor del agua el carácter de arrullo letárgico y no consideraron erróneo postular una suerte de hipnosis. Para estos cicerones de lo inasible, el sopor de la bochornosa siesta santafesina tampoco habría sido del todo ajeno. Sea lo que fuere, el arisco vocabulario me obliga a abdicar de toda aspiración descriptiva. Sin embargo, me gusta creer que estas mismas cosas sintió Alejandro Magno a la vera del río Granicus, mientras sostenía la espada aún ensangrentada.

Segundo contacto

Got to keep the loonies on the path. There's someone in my head
but it's not me.

Pink Floyd, "Brain Damage", *The Dark Side of the Moon*

L as versiones no son del todo rigurosas sobre la
fecha precisa en la que se fundó *L'Ordine dil
Segno*. La empinada autoestima de cada uno de
los cofrades edifica memorias funcionales a la desmesura de su ego y, en general, tienden a sostener que el
grupo quedó formalmente constituido el mismo día en
que les tocó presentar su primer relato. Con todo, no
éramos sino un cuerpo más o menos estable de escri-
tores, semiólogos y lingüistas que se reunía con azaro-
sa regularidad a fin de leer nuestros ensayos, traducciones, relatos y otros disparates, mientras se compartían viandas y abundantes bebedizos. Tengo que confesar que, en mi caso, las razones de alistamiento fueron mucho más pedestres. En el ambiente literario, se
decía que era un lugar óptimo para ligar mujeres inte-
ligentes. Con una tercera separación a cuestas, no voy
a negar que la cosa se me presentara fácil. Sin embargo las, digamos, singulares personalidades de las

féminas concurrentes pronto me disuadieron del cometido original. Igual me terminé quedando porque las tertulias eran caóticamente divertidas y preparar cada encuentro me ayudaba a transitar por la infamante soledad. Había algunas reglas tontas que no obstante todos respetábamos a rajatabla. Por ejemplo, cada quien respondía a un *nom de plume* y estaba totalmente prohibido usar los nombres civiles. Ya casi ni recuerdo ninguno salvo el de la única mujer más o menos potable que se hacía llamar Felicitas. El mío, previsiblemente, era Rainmaker.

El caso es que, una noche, Felicitas se despachó con un relato fantástico relativo a cierto Programa Primer Contacto, supuesto proyecto de intercambio con alienígenas de procedencia desconocida. En el cuento, la valiente protagonista integraba un grupo multidisciplinario destinado al conocimiento y concordia entre ambas razas. En el decurso de la experiencia científica, la entidad extraterrena no podía evitar rendirse a la belleza de la osada hija de la pampa gaucha, quien se lo fornicaba galanamente a pesar de (o en razón de) las desproporcionadas dimensiones que ostentaba el afortunado bastardo galáctico. El ET la hacía su amante pero, so pretexto de ciertas ininteligibles órdenes del Comando Estelar (los bichos inmundos fomentaban la telepatía), se volvía a su planeta.

El cuento resultó buenísimo y fue elegido esa noche para el premio Nocturno en Fa, provocando un bilioso rencor en los declamados intelectuales de la Orden. Quebrando otra de las reglas no escritas, nos fuimos caminando juntos con Felicitas, que en realidad se llamaba Eleonora. Dispuesto a aprovechar la primera oportunidad de real galanteo, no pude menos que alabarle el texto y preguntarle la fuente de inspiración. Muy sueltita de cuerpo, me contestó que simplemente había relatado algo que le venía sucediendo desde hacía un año y que por eso estaba tan triste, sobre todo, porque sospechaba que en realidad su amor había regresado a los múltiples brazos de una esposa. Por el destello de su mirada, supe que estaba loca como un plumero. Ya que el plan conquista estaba destinado al fracaso, decidí seguirle la corriente para divertirme un rato. Muy serio y con la gravedad que semejante revelación requería, le hice saber que, movido por la curiosidad o, por mejor decir, exaltado por lúbricas expectativas, deseaba informarme sobre la posible existencia de compañeras del marciano dispuestas a abundar en el conocimiento de los nativos de este lado de la Cruz del Sur. Como muestra de mi buena disposición, y por si hiciera falta, me ofrecí a movilizarme hasta el Cerro Uritorco, crédito local en avistamientos. Ignorando olímpicamente el sarcasmo y contra todo pronóstico, me declaró su disponibilidad para hacer las presentaciones del caso con una amiguita de su amante interestelar, pretendiendo percibir un emolumento. Lo que sigue es cómo se sucedieron los hechos.

—¿Vos estás segura de que ése es el equivalente en pesos argentinos a la cantidad de *oro latinium prensado* que esta chica cobra? —le dije a Felicitas, mientras nos empantanábamos en la negociación—. ¡Por las desviadas hormonas de Wesley Crusher, me parece un disparate!

—Ah, claro, el señorito creía que se iba a fratachar a una extraterrestre policroma abonando como si fuera una meretriz de cabotaje —me respondió imperturbable—. Y además del pago de mis servicios, tenés que sufragar el costo de un traductor universal que hay que implantarte en el brazo.

—Felicitas bonita, que desde el Edicto Policial 840 para acá, la actividad de lenón, proxeneta o encargado está tipificada como conducta punible —me guarecí bajo argumento leguleyo a ver si la asustaba un poquito o, por lo menos, me bonificaba el traductor.

—Entonces seguí persiguiendo sin suerte a travestis en los Bosques de Palermo —fue su sardónica respuesta.

—Dale, Felicitas, haceme una rebaja, que vivimos en un país que atravesó una crisis sistémica... Vos se ve que mucho Programa Primer Contacto, pero de leer los diarios, nada... —argumenté por el lado de la paupérrima economía.

—Mirá, nenito —me dijo marcialmente—, la única atención que puedo tener con vos es aplicar la Ley de Compre Nacional y darte preferencia a igual oferta con respecto a nuestros compañeros de Orden: Ángel Azul, Aramís, Danton, Halloran, Nightcrawler, Redios y todos los otros que ya me han pedido mis servicios de intermediación.

—Pero el Ángel es *argento* como nosotros —agregué por decir algo.

—Más a mi favor: si vos no la querés, se la ofrezco a ese distinguido caballero que ya aceptó pagar lo que sea. Eso es un hombre... —Y me miró de arriba abajo con un desprecio tal, que no tuve más remedio que aceptar esa verdadera exacción.

—¡Por las lampiñas barbas del comandante Sisko! Acá está el dinero. —Y le entregué resignado mi capitalito.

—Cociná algo rico, vos que sabés. Mirá que están haciendo una investigación de todos los aspectos de nuestra vida social. Y espero que seas grandote todo así, Rainmaker... te va a hacer falta —me dijo mientras me quitaba los billetes. Y se fue con una carcajada enloquecida.

Así fue cómo ingresé en el Programa Primer Contacto. Que Eleonora no estuviera en sus cabales se me presentaba de toda obviedad, pero los fundamentos de mi cordura se tornan un poco vidriosos porque el día pactado me puse a cocinar. Por algún detalle del relato, imaginé que eran humanoides asimilables al género de los moluscos, así que eludí la típica carne grillada. Puse a enfriar un vino espumante del país (que acá nos obstinamos a seguir llamando champagne), prendí un par de sahumerios de patchouli, elegí un disco de Ella Fitzgerald y me senté a esperar. Al rato tocaron el timbre.

Con nerviosismo, abrí la puerta. Allí estaba mi cita rentada. Conforme la descripción que había hecho Felicitas, esperaba encontrarme con una suerte de hermana *punk* de Neelix, pero no fue para tanto. Efectivamente, tenía la piel lila y el mechón de cabellos era increíblemente azul. Llevaba una especie de túnica naranja así que no pude constatar la intrigante tira de piel peluda que, según el cuento de mi amiga, debía recorrerle de arriba abajo la línea central de la espalda hasta el bajo vientre. A pesar de ello, a partir de ese

momento no pude eludir el embrujo de sus ojos ambarinos.

Me resultó extraño oír que hablara, pero sin el conse-
cuente movimiento de los labios. Casi estuve a punto
de decirle que conocía a Deanna Troi, que era bet-
hazoid y también telépata como ellos, pero con tanta
galaxia me pareció que no iba a saber de quién le estaba hablando. Me hizo mucha gracia que, merced al
traductor universal, su español fuera muy castizo. Me
fui a la cocina y, mientras montaba los platos, comen-
zamos a charlar animadamente. Es cierto que hubo
tópicos en los que me sentí un poco ajeno, como por
ejemplo cuando empezó a explicarme las anomalías
subespeciales y la influencia cauterizadora de los pul-
sos takion. Con la sobrecarga de las bobinas warp, me
defendí un poco mejor. Yo la miraba mientras co-
míamos y me dejaba subyugar por esos extraños ojos.
Efectivamente, sonríen con la mirada. Atribuí esa sensación de profunda beatitud a la bebida. Comimos
helado de limón y albahaca y sobrevino un silencio
incómodo.

—¿Café? —me apresuré a ofrecer.

—Mejor bailemos —me dijo y con gracia singular me
extendió una mano, extrañamente áspera, pero sor-
prendentemente acogedora.

Según la narración de Eleonora, los visitantes celestes
tenían los pies sin dedos y preví que por ese detalle la
aventura iba a ser terrible. Sin embargo, pegó su cuerpo al mío y danzamos como si lo viniéramos haciendo
desde los bailecitos del colegio secundario. Sentí una
inusitada urgencia por besarla. Sus poderes para leer
la mente se lo deben haber adelantado, porque posó

sus labios tiesos sobre los míos. La primera sensación no fue agradable del todo, pero en cuanto su lengua irrumpió en mi boca, empecé a derretirme. Me las compuse como pude para devolverle la caricia. Tan mal no debo haber estado porque se apretó aún más contra mí, envolviéndome con un sutil aroma a almizcle. Es más, comencé a notar cómo cuatro mínimas protuberancias me hacían una presión deliciosamente extraña contra el pecho. También lo adivinó, porque sonriendo dio un paso atrás y se quitó el ridículo vestido naranja.

A partir de aquí, el lenguaje se torna claudicante. ¿Cómo describir aquellas cuatro aureolas, diminutas, simétricamente alineadas de dos en dos y de tan magnífica sensibilidad? Tomó mi cabeza y me hizo inclinar sobre ellas. Me di un festín. Cuatro potecitos de azafrán, que rápidamente se entregaron a mis labios, a mis dientes, a mi lengua. Se apoderó de mí un ansia desconocida. Mi compañera parecía en trance. Me dejaba hacer y, con imperceptibles movimientos, me indicaba cuándo tenía que abandonar esos mínimos dedales de tan delicioso sabor. Comenzó a temblar. Su garganta, ausente de cuerdas vocales, emitía una especie de gorgorito que iba haciéndose más profundo a medida que el placer la iba envolviendo. Finalmente, me regaló su primer estallido.

Abrió los ojos y me sonrió de la manera que únicamente ellos pueden hacerlo. Volvió a tomarme de la mano y se encaminó hacia mi dormitorio. Con andar de pantera, se recostó y, adelantándose a mi vacilación de cómo abordarla, me guió hacia la extraña tira de piel amarilla con pintas negras. La deficiente zoología de Eleonora había anotado que era como de tigre. Yo, que soy hombre de río, se me antojó antes a surubí del Paraná. No hizo falta que marcara mi destino. El ahora cada vez más cautivante aroma hizo las veces de tutor. Sus manos me guiaron aún más abajo. Pegó un respingo. Me susurró que mi piel era muy suave para lo que estaba acostumbrada y que se le volvía intolerablemente placentero. Envalentonado, me esmeré. Me instalé por largo rato. Perdí la cuenta de las veces que alcanzó el éxtasis. Y todos mis pruritos se desbarrancaron en los océanos de placer que me provocó hundir mis labios y mi lengua en esa increíble porción de carne entumecida. Su cuerpo se estremecía en sucesivas oleadas de lujuria. Los sonidos guturales de su garganta eran el perfecto mapa para rumbear mi osadía. De repente se empezaba a tensar, se contraía y emitía un silbido liberador que anunciaba la concreción de otro espasmo, para volver a empezar. Me apartó suavemente, ahíta de tanta exaltación lúdica, y me regaló una mirada prometedora. No recuerdo muy bien cómo me quité (o me quitó) la ropa, el asunto es que con mi desnudez me asaltó un fatal temor, recordando la admonición sobre las desarrolladas proporciones de los machos de su especie.

—Oye, que no hay nada de qué preocuparse —me sorprendió una vez más—. Estás muy bien. De verdad. Túmbate en la cama y déjame hacer a mí, que tengo tanto para devolverte...

Ninguna palabra es suficiente para describir la forma en que me acarició. Lamentablemente, la mata de pelo azul no me dejó observar muy bien, pero pronto hube de cerrar los ojos. Me fui abismando a una sensación de recóndito placer. Era mucho más que cualquier experiencia sensible que alguna vez hubiera tenido.

—Aguarda —me ordenó, sacándome del sopor—. Te quiero adentro mío. —Y se acomodó sobre su costado izquierdo, de espaldas a mí—. Así lo hacemos nosotros —me aclaró. Y se abandonó pues a mi arbitrio—. ¡Cabálgame sin piedad! —me rogó— ¡Hazme tuya!

Y exactamente hice lo que me pidió. No sé cuánto duró ese loco frenesí. En el momento en que, con sucesivos hilos de humanidad, tuvo lo mejor de nuestros dos mundos, me descubrí aullando como un animal embravecido. Entonces, sobrevino lo verdaderamente inverosímil. Su piel violeta tornó al bermellón. Sus manchas negras se encendieron al naranja. Los gorgoritos se hicieron profundos como un croar. Y de repente, su cuerpo empezó a emitir una luz aterciopelada que nos transportó a un estado de bienaventuranza. Apagada la luminosidad, fue como aterrizar luego de un largo viaje. Mientras recobraba el aliento, sentí que me estaba enamorando.

—Mirad al Rainmaker, menudo amante has resultado —sonrió con esos ojos ambarinos—. Me acabas de inducir al Séptimo Estadio de la Conciencia Cósmica. He completado el Círculo. Estoy lista para reencarnar. ¡Y todo ello gracias a ti, mi noviete terrícola!

Se incorporó de la cama, tomó su vestido naranja, se lo calzó con un solo movimiento y se marchó. Antes de perderse en el vano de la puerta del dormitorio, se volvió para sonreírme con sus ojos ambarinos.

En medio de la noche, comprendí que no estamos preparados para sobrellevar esta clase de experiencias. En el yermo del lecho, me acurruqué adoptando la forma en la que recientemente la había hecho mía. Descubrí que una lágrima me rodaba mejilla abajo. La encomendé al espíritu de James Tiberius Kirk, que desde la segunda estrella a la derecha nos guía, y me volví a quedar dormido.

Perfidias de Newton

Ciertamente, no debemos abandonar la evidencia de los experimentos por sueños y ficciones vanas, ni tampoco alejarnos de la analogía de la naturaleza, que es acostumbradamente simple y siempre consonante consigo misma.

Isaac Newton, *Philosophiae naturalis principia mathematica*

En ciertas repúblicas sudamericanas, algo tan *modernamente* trivial como tomar un avión puede resultar tan azaroso como intentar la circunvalación terrestre hacia finales del siglo XVII, cuando los avatares de una manzana llevaron a un físico inglés a concebir la ley que mueve los planetas. Demarcar los límites entre lo real y lo ilusorio siempre ha sido tarea para científicos y no para un dramaturgo en la ruina, pero comprendo ahora que quizá fuera necesario transitar esa suerte de ascesis para encarar con libertad de espíritu los hechos que paso a narrar.

Cartelito en mano, un amable chofer me esperaba en el aeropuerto y, luego de cargar mi maleta, nos pusimos en marcha hacia la capital sanjuanina. Mientras intentaba justificar ante el pobre hombre las razones de mi tardanza, los sauces y los álamos a través de los cristales del coche se parecían a los de aquella vez. Por suerte, el hotel no era el mismo y la melancolía fue más tolerable. Rellené los formularios y, calculando el poco tiempo de descanso que restaba hasta el inicio de las actividades, me abalancé a mi habitación ansiando el abrazo de una almohada mercenaria. Agotado y de mal humor comencé a desvestirme, rumiando la opacidad de una vida como charlista trashumante. La gente cree que uno acumula experiencias fascinantes, que recorre sitios increíbles e, incluso, que conoce amores meritorios y no es sino otra forma deplorable de subsistencia.

Mientras me quitaba los pantalones, me distraje pensando en que acaso con tales sucesos podría hilvanar algunas anécdotas para acometer la redacción de un *cahier de voyages* de cómoda lectura y, sobre todo, fácil venta. Estaba en eso cuando, de repente, una catarata de monedas se precipitó de los bolsillos con gran estrépito. En aparente elusión de la ley de gravedad, una moneda de cincuenta centavos se dedicó, no obstante, a circunvalar un par de veces a sus dóciles hermanas, hasta capitular girando sobre su eje de una forma, si por inevitable, no menos hermosa.

A pesar de que centurias como urbanitas nos ha ido estrechando la percepción hasta volvernos incapaces de identificar la tensión dinámica entre lo manifiesto y lo oculto, hay instantes donde es posible avistar como una sombra el engranaje ulterior del Universo. Son diminutos intervalos, cual lejanos relámpagos cuyo fulgor no alcanza a iluminar, pero permite intuir las formas circundantes. Y se trate de un acontecimiento baladí o magnificente, lo mismo da, porque una vez que el discernimiento logra horadar la ofuscación sensorial, el hallazgo engendra dicha o hastío, pero jamás indiferencia.

Tanto es así que asistir a las revoluciones de la moneda sediciosa fue semejante a encontrar aquella pieza esquiva, que en modo alguno resuelve el rompecabezas, pero que nos lleva a exclamar: ¡ah! se trataba de un pájaro... ¿Cómo no me di cuenta antes? Una pródiga felicidad me hizo comprender que probablemente lo que acontece en el orden inferior sea reflejo del orden superior y, con esa sola constatación, sentí que dejaba de ser extranjero en mi propia existencia. Todo empezó a encontrar su lugar bajo el sol, simplemente porque era posible que, como enseñaba Newton, si un objeto atrae a un segundo objeto, este segundo atraiga al primero con la misma fuerza también y, quizá entonces, ella volviera a mí. Que estuviera en la misma ciudad me hacía presentir tanto más esa posibilidad. Sin embargo, el silogismo pronto se reveló como una gravosa superstición. Podemos sometemos obedientes a la fuerza irresistible de los hechos o podemos revolvemos heroicos en la íntima convicción de que, por nuestros merecimientos, habremos de prevalecer en la tribulación. En ambos casos, no somos sino una *troupe* de marionetas y, antes o después, la fuerza de la mecánica planetaria siempre nos derrota, sin que por ello dejemos de creer, funcionalmente obtusos, que obramos conforme nuestra propia voluntad.

No va a volver, ni aun sabiendo que estoy de regreso. Aunque la sienta respirar en medio de la noche perfumada de azahares, es simplemente otro engaño de mis sentidos. Ella no va a volver.

Suena el teléfono, me avisan que es tiempo de bajar. Señores de rostros siempre cambiantes, pero de idéntica complacencia, me estrechan la mano y me llenan de elogios, tal vez hasta sinceros. El módico refugio existencial definitivamente se ha extinguido. Las sucesivas imágenes se van solapando y pronto no serán sino el relato de un recuerdo. Y todo volverá a ser igual. El sacrificio de una moneda rebelde ha sido inútil. El pérfido de Isaac había desertado.

El eclipse de Gyllene Draken

*Entonces el dragón se llenó de ira contra la mujer y se fue a hacer
la guerra contra el resto de la descendencia de ella.*

Apocalipsis, 12:17

Mater siempre le gustó hablar en enigmas. Cuando le pregunté qué era el hombre, me contestó que yo era la sustancia de la que están hechas todas las cosas. Y la vez que hice tronar mi voz en señal de protesta por la procesión de ovejas, bueyes y caballos, me recordó que soy un sacerdote. Igual, prefiero oficiar con doncellas. Aunque los gritos de la gente me animan a seguir, admito que ni siquiera las trémulas concelebrantes logran atemperar mi hastío. A veces, para divertirme, conmutaba el orden de los actos propiciatorios, desoyendo la admonición ancestral. Mater lo desaprobaba, pero resignada me asistía con su aliento. Todos estaban tan aliviados como para advertir alteraciones en el sacro ofrecimiento. Cuán insensato he sido deseando que algo cambiara.

Acepto que logré exaltarme la ocasión en la que me reconocí en el *drakbåt* que portaba a la indivisa Ingegerd, hija de Bjørnulf. Cuando la proa se hizo visible, me sentí arrebatado por una efusión de fuego. Mater no disimulaba su regocijo. Estoy seguro de que en su interior se felicitaba por habernos mudado a la isla de Torshammar. Desde entonces, abdicó de su nombre milenario para ser Mors Eld, como la llamaban los lugareños. Nos perdió la vanidad.

No pudimos ver los estériles conjuros de Bjørnulf, el Mago. No supimos descifrar el decreto del pérfido Rey Knut y su llamamiento universal. Y no nos percatarnos del caballero en blanca cabalgadura, hasta que fue brutalmente tarde. Ni bien franqueó la cascada, quedó nimbado por un halo iridiscente. Un reverberar en la cruz del escudo nos cegó. Como por obra de brujería, me encontré encadenado. Mientras Mater trataba de liberarme, el paladín la tomó por sorpresa, traspasando sin piedad su pecho. Aún había vida en sus ojos glaucos cuando le cortó la cabeza. Ingegerd me miró consternada, mas presta se subió a la grupa del corcel malhechor y me abandonó. Me quedé solo, rugiendo impotente por un homicidio que clama al Cielo y una traición que hiela el alma.

Soy Aureo Draco, hijo primogénito de Mater Ignea. Estos infelices me conocen como Gyllene Draken. Ahora me conocerán por mi ira. Pagarán su afrenta con la sangre de sus hijos. Y con los hijos de sus hijos. Ya se produce el eclipse. Un nuevo orden ha comenzado.

Triskel

Todo lo que nos rodea, todo aquello que miramos sin llegar a ver,
todo lo que nos roza sin que lo conozcamos, todo lo que tocamos
sin palpar, todo aquello con lo que nos topamos sin distinguirlo;
ejerce en nosotros, en nuestros órganos, y por ello mismo,
en nuestras ideas, en nuestro corazón, rápidos efectos,
sorprendentes e inexplicables.

Guy de Maupassant, *El Horla*

Londres, 13 de noviembre de 2007.
Querida Alicia:

Te sorprenderá recibir la carta que ahora te escribo. Para cuando el correo llegue a Buenos Aires, seguramente ya te habrás enterado de aquello que aún desconozco, pero sospecho inminente. Imagino que estarás llorando y, sin embargo, prefiero recordar la sonrisa con la que recibiste el anuncio de que me iba a Londres. Bien sabés que, aunque jamás he estado antes aquí, ni en otro lugar del Reino Unido, desde que guardo memoria padezco una suerte de fascinación por la ciudad que serpentea a orillas del Támesis. No es ninguna novedad que puedo referir hechos históricos con la certeza de un testigo o enumerar detalles de palacios o monumentos como quien los ha visto nacer.

Ya no te hace gracia examinar la infalibilidad de mis conocimientos con una enciclopedia o guía de viajeros, ni te asombra que en una película sea capaz de identificar de sólo un vistazo parajes y calles. Reconozco que a veces se me hace difícil explicar de dónde provienen estas excentricidades de fingir una falsa ascendencia británica (y en momentos de verdadero exceso, hasta invocar ilusorios lazos familiares con la casa reinante): no tengo ningún vínculo con la Rubia Albión. He construido una realidad a partir de un simulacro. Pero al relatar obviedades estoy perdiendo un tiempo que ya se aleja.

El vuelo se me hizo eterno. Dormitaba de a ratos y mayormente me preguntaba cómo sería, sí la ciudad real se asemejaría a la ciudad de mi imaginación. Una vez arribado, el viaje desde el aeropuerto me causó regocijo y desdicha: Londres desplegaba toda su magnificencia y yo la veía pasar a una perversa velocidad. Podría decirse que aspiraba las imágenes, el cielo, las banderas, los edificios, las cabinas de teléfono, los policías, los demás taxis, los *double deckers*; mientras me daba un atracón de sonidos, de olores, de sensaciones. Por momentos, pensé que iba a quebrarme de la emoción; por otros, que necesitaba bajarme para abrazar a los transeúntes. Pero como los compromisos profesionales presentaban una agenda escrupulosa, no hubo más tiempo que para una ducha, afeitarse, lucir un traje de tres piezas y comenzar con el intercambio de tarjetas, sonrisas y trivialidades. Es increíble que así se haga dinero.

Te consta mi contracción al trabajo, empero esta vez a duras penas lograba concentrarme y mi único deseo era finiquitar cuanto antes las negociaciones para lanzarme a contemplar el río imperecedero. Más allá de los salones del hotel, sentía el latido de la urbe y la presencia se me hacía intolerable. Por supuesto que el atasco con una cláusula indómita extendió la reunión más allá de lo previsto, y al terminar la jornada resultó aconsejable merodear por Piccadilly Circus, la distinguida Regent Street, el siempre moderno Soho, la flemática Oxford Street y, por supuesto, las sastrerías de Savile Row. Mañana miércoles habría tiempo para recorrer a la luz del día las añoradas riberas, sobrevivientes de invasiones, guerras, reinados, bombardeos y otras modernidades.

Mapa en mano, salí dispuesto a sumergirme en el encantamiento de la ciudad que es todas las ciudades. De forma inaudita, leí como arriba lo que estaba abajo y en lugar de tomar para la derecha puse rumbo a la izquierda y no fue hasta dar con Hyde Park que descubrí el error. Complacido, trepé por Park Lane dispuesto a disfrutar la involuntaria adición de calles al paseo. No es infrecuente que un signo sea interpretado de manera anómala, pero este yerro originó la cadena de efectos que me llevó a abismarme en los entresijos de la historia. Pronto ya no podré salir de esta progresiva agnosia, abandonado al *sueño de almas* que en definitiva somos. En uno de los últimos cruzamientos, te escribo estas líneas con la vana esperanza de que, al menos, mi existencia perdure en tu mente. Pero no quiero adelantarme y mejor sigo con el relato tal como se fueron enlazando los hechos.

En mi indolente deambular me topé con la St. James's Piccadilly Church, en cuyo atrio había una feria de antigüedades, uno de los tantos gustos que compartimos. Aunque la desproporción de la libra esterlina me persuadió de silenciar cualquier oferta, no evitó que me demorara en cada puestito, maravillado con los objetos, las monedas, los cuadros, la cristalería y las porcelanas. En el momento, añoré que no estuvieras allí, pero ahora me felicito por tu ausencia, sobre todo cuando me allegué hasta un tendido que ofrecía toda clase de cuños y matrices. No se te escapa que hace rato que venía buscando un *ex libris* para los habitantes de mi biblioteca, así que figúrate la excitación cuando frente a mí se desplegaba un sinnúmero de pequeñas obras de arte de una exquisita hechura y mejor gusto. Los precios eran colosales, pero no hizo falta mucho esfuerzo para autoconvencerme de que los libros de un falso Lord tenían que estar estampados con una marca original, adquirida en una iglesia de Londres. Me puse a revolver en la caja lamentando no poder llevármelos todos. Los había con formas heráldicas, con imágenes, con alegorías y con seres mitológicos. Súbitamente, me topé con un cuño mucho más pequeño, de unos tres centímetros de lado, que me atrajo con urgente magnetismo.

Era un sello de diseño geométrico, formado por tres espirales engarzados entre sí, que claramente no se correspondía con sus congéneres, pues no poseía ninguna referencia bibliófila. El ucraniano o ruso del puesto indicó que era un «driscol», y mientras me invitaba a sostenerlo en la mano, me decía en un torpe inglés: «No se elige, te elije a ti». Podrá parecerte un desatino, otra de mis habituales invenciones, pero en cuanto lo tomé sentí que me traspasaba un relámpago. Me miró fijamente a los ojos y se puso a repetir: «Muy poderoso».

Al inclinarme para verlo mejor, mi corazón dio un respingo, pero lo atribuí a la emoción del lugar y al momento. En efecto, reconocí que se trataba de un *triskelion*, nombre que daban los romanos al milenario talismán celta. El vendedor (aunque ahora dudo de que realmente lo fuera) me explicó que las formas helicoidales que entran y salen del círculo representan las fuerzas duales en constante interacción y equilibrio, mientras que el círculo externo simboliza la totalidad en transformación permanente. Tuve que haber notado el cambio en la voz, la repentina abundancia en el idioma, pero arrebatado por sus revelaciones, le escuché decir que el *triskel* oficia de llave para atravesar la puerta que conduce al mundo supraterrenal. Con gravedad agregó que sólo los druidas tenían permitido portar el símbolo sagrado que reúne todos los misterios del cuerpo, la mente y el espíritu. Yo no le podía sacar la mirada de encima, hipnotizado por esa rueda que es en sí misma la idea de perpetuo movimiento, de eterno retorno. Increíblemente, el eslavo me lo regaló. Hasta se ofendió cuando quise darle un billete de veinte libras. Me dijo que era una profanación. Para aplacar la irreverencia, me lo puse con gran ceremonia en el bolsillo de la camisa, señalándome el corazón.

Conmovido, pero a la vez satisfecho, seguí mi peregrinaje por la feria. No me preguntes cómo, querida Alicia, pero de repente me encontré dialogando con el Pastor, quien luego de algunas trivialidades, me llevó a conocer el laberinto que está en el jardín trasero de la parroquia. Aunque las visitas guiadas son sólo los domingos, no hubo forma de eludir su invitación. Yo no sabía que había allí uno de esos artificios hechos para perderse. El Pastor me aclaró que éste era una réplica del que se encuentra en la Catedral de Chartres, y que al desandar sus múltiples caminos es posible obtener una experiencia mística. Ensayé una disculpa sobre mi lejano abandono de toda fe, pero no me escuchó y siguió dando su sermón, alentándome a traspasar la puerta del conocimiento último con mente abierta y espíritu dispuesto.

No me quedó más remedio que afrontar el desafío, y al principio con algún prurito, luego con decisión, comencé a caminar. En Londres anochece temprano en esta época del año; no obstante, una suerte de luminosidad me rodeaba. Era como si avanzara con un candil que no alcanza para hendir la penumbra, pero que es suficiente para sospechar las adyacencias. No creo que haga falta decirte que el fulgor provenía del *triskel* en mi pecho. Los contornos iban adquiriendo una extravagante dimensión que, antes que espanto, engendraba un estado de placidez, de mansa quietud. Las bifurcaciones eran infinitas o, al menos, tan numerosas que parecían infinitas, y aunque al principio no me di cuenta, con cada nuevo giro fue más notorio un rumor, un eco. Te concedo que puede parecer totalmente inverosímil si digo que de algún modo supe que ese susurro era la minuciosa orfebrería del Universo. Pero hay aún más, porque a medida de que me abismaba en estados más profundos y saludables de conciencia, también empecé a ver las ideas como percibimos los objetos a través de los sentidos. Y finalmente pude entrever el tiempo vario, superpuesto y múltiple; como múltiple y superpuesto son los varios universos.

Y desde entonces, todo se ha precipitado. No sé dónde estoy, en cuál de todas las Londres en las que he vivido me encuentro. Tengo una inaccesible evocación de haber regresado al hotel, a tientas, como borracho, pero también recuerdo que el ruso y el Pastor me arrastraban de los brazos. Por momentos son la misma persona, por otros, nunca existieron sino en mi fantasía. Estoy sentado en mi habitación, a oscuras. Sobre el escritorio está el talismán, iluminado por el chorro de luz de una lámpara. Vuelve a adquirir ese extraño resplandor. Nuevamente siento el siseante rumor de los átomos chocándose entre sí. El portal está a punto de abrirse. Ya veo un árbol, una piedra, el sol. Rostros pintados de verde. Te escribo esta carta, Alicia tan querida, que es la carta del final. Confío que, en una de las posibles trayectorias, tenga tiempo de echarla en el correo. Me encomiendo a que en alguno de tus pasados yo haya existido. Aguardo lo que habrá de sucederme con pánico, pero también con esperanza. Que yo exista en alguno de tus posibles futuros depende de esta carta.

El osario de la memoria

I believe my baby got a black cat bone. Seems like everything I do,
seem like I do it wrong.

Albert Collins, "Black Cat Bone"

E l infrecuente hallazgo tenía revolucionada a la ciudad. Los esqueletos recuperados en las excavaciones del parque público presentaban un increíble estado de conservación. La datación con carbono-14 los situaba hacia el año 12.890 a.C, durante la glaciación de Würm o Wisconsin III. Los arqueólogos catalogaron los huesos con profesional desapego y los guardaron en largas cajas que etiquetaron: «N1809/F1849–Boston Common». Entre los estudios dispuestos, seguramente algún antropólogo forense determinará a qué animal fabuloso pertenecían las dentelladas que marcan el fémur de uno de aquellos infortunados que, según consenso general, habían sido soterrados por el hielo. Yo sé bien que es atrozmente cierto. Déjame que te cuente.

La hambruna venía diezmando el clan de 'al–de–Maak y, pese a la reciedumbre del frío, los dos cazadores se aventuraron más allá de las tierras baldías.

Una virulenta tempestad los obligó a refugiarse en una caverna. La tormenta de nieve empeoró y perdieron la noción de los días y las noches. Vanas fueron las invocaciones a los Primordiales y una conmoción progresiva de aislamiento, frío y hambre se apoderó de ellos. Sufrían además el derrumbe de filosas estalactitas que, al menos, les dejaba recoger un poco de agua, cuidándose de evitar el pozo en medio de la cueva. En poco más, ya no tuvieron luz ninguna. El retorno a la morada de sus ancestros estaba pronto. Para darse ánimos, se contaban historias de cuando la tierra era verde. Uno recordó al príncipe Gedeihlich y el ataque de la horda del enmascarado durante el baile de las cosechas. El otro citó al chamán demente que arrancó uno a uno los dientes de su esposa moribunda y la enterró viva. Uno recitó las artes oscuras que conferían la inmortalidad del alma. El otro se retorció famélico.

Mastiqué con placer inaudito el último pedazo de carne. Me consolé repitiendo que no tendría que confesar tan repugnante crimen. Recostado con una mueca impía me dormí. Así me sorprendió la muerte y así empezó mi peregrinaje por este mundo. Richard Parker ya había inaugurado el destino de perecer en manos antropófagas. Unos huesos alineados en unas largas cajas nos vuelven a poner juntos. Quizá me conozcas: alguna vez fui Edgar Allan Poe. No sé quién habré de ser en el abominable mañana. No descartes que fueras a encontrarme si te miras al espejo.

Un mundo tan frágil y defectuoso

—*¡Qué tontería!* —exclamó Lady Windermere—. *¡En mi vida he oído un disparate semejante!*

Oscar Wilde, *El crimen de Lord Arthur Savile*

Si alguien se regía con minucioso desvelo por las buenas maneras, ésa era la señorita Iphigenia Smith-Burnett. De modos reposados, ejercía la gentileza con elaborado refinamiento, desplegando un repertorio de palabras amables y cuidadas. No recuerdo haberla oído levantar la voz ni siquiera para llamar a un taxi. Con devoción malsana, agotaba una y otra vez las páginas de *A Guide to the Manners, Etiquette and Deportment of the Most Refined Society*, para luego escrutar el universo y sonreír satisfecha al caballero que agradecía copiosamente a quien le franqueaba el paso o ignorar espantada a aquel que tuviera el mal gusto de introducir comentarios sobre política, religión u otra cuestión igualmente penosa. Toda conducta que constituyera un grave apartamiento de las reglas, le hacía fruncir el entrecejo. Abominaba de cualquier manifestación de afecto en público. Imagino que tampoco las toleraba en privado. Nunca sabremos qué era preferible, si la corrosiva acritud de sus comentarios o sus largos silencios reprobatorios. Sin embargo, siempre dispuesta, acudía inconsulta en auxilio del desamparado. Tanta bondad hacía más tolerable cierto gusto por los chismes y habladurías y un innegable desdén por todos los que no fuéramos súbditos de Su Majestad.

De una singular altura y cuello finísimo, poseía una piel inmaculadamente blanca. No era bonita, pero en un rostro enmarcado por el preceptivo rodete se destacaba la profundidad de sus ojos grises. Aunque declaraba haber recibido numerosas ofertas matrimoniales, la sucesión de negativas a la espera del candidato apropiado la encontró un día acostumbrándose al baldón de «señorita soltera». Nacer en algún lugar de las Islas Británicas, o aun, en cualquiera de las posesiones ultramarinas del Imperio, hubiera sido su natural destino, pero vio la luz en la República Argentina a poco de instalarse la joven pareja Smith-Burnett en el chalet que correspondía al ingeniero mayor del Ferrocarril del Sud. Su madre, Margaret Hart, originaria de Hampshire, falleció a poco de nacer su primogénita. Su padre, Paul D. Smith-Burnett, natural de Staffordshire, resolvió la orfandad de su pequeña hija internándola pupila con las monjas irlandesas. La muerte del autor de sus días la obligó a aceptar un puesto de maestra en el *Holy Trinity Church College*, donde recobró la fe anglicana. Un poco por tradición y otro poco por inercia, mantuvo el luto más allá del tiempo que un prudente respeto por la memoria de los *faithful departed* aconsejaba. Cuando la conocí, vivía en el mismo solar que heredara de sus mayores, en el Barrio Inglés de Temperley, localidad que por entonces integraba el llamado «segundo cinturón urbano» al sur de Buenos Aires. Con orgulloso esmero, había logrado que una hiedra prácticamente cubriera todo el frente de la casita, a la que se accedía por un jardín de tapias bajas. De acuerdo con los numerosos catálogos que consultaba, el interior era un muestrario de pesados cortinados, adornos acumulados hasta la depravación y paredes empapeladas con exasperantes motivos florales, cuyo exceso no era suficiente para evitar que las tapizara con platos decorativos. Una tía le dejó, por toda herencia, un par de dioramas originales de Mr. Potter, que exhibía con fingida afectación. El censo poblacional de la casa se agotaba en un gato siamés, llamado Cheshire, y la empleada doméstica, una criolla de nombre Juanita (los primeros días en servicio, a la desdichada mujer le costó entender que los aireados «¡Jane! ¡Jane!» de «Lady» Iphigenia eran para ella. El retintín de la campanilla la persuadió de su error).

Sus jornadas se sucedían idénticas y la más mínima alteración de la rutina le provocaba un severo desarreglo nervioso. A las 8 en punto, Jane le traía un desayuno ligero. A las 8:20 la ayudaba a vestirse. Por nada del mundo era capaz de emerger de su cuarto sin encontrarse vestida apropiadamente. Entonces desayunaba de forma completa, mientras leía el *Buenos Aires Herald*. Después se discutían las cuestiones domésticas y, si no tenía que salir, se dedicaba con empeño a sus gardenias, narcisos y jacintos, flores que le habían valido algunos premios. Si el día no acompañaba, se quedaba hasta la hora del almuerzo observando su álbum de estampillas o su colección de mariposas disecadas. Además, llevaba un diario íntimo a cuya compulsa debemos la historia que compendiamos. Dormía una mínima siesta y después se entregaba a la lectura, sus labores, jugar al *bridge* o tomar el té con sus amigas, mayormente hijas o esposas de funcionarios del ferrocarril, contadores del frigorífico, agentes de la compañía de aguas corrientes o médicos del Hospital Británico.

Con cierta regularidad, se costeaba hasta el centro junto con su inseparable compañera Allison Lambkert, para dedicarle el día entero a hacer compras en Gath & Chaves o en Harrods's, que era donde se proveía de forma excluyente, salvo la música, que la adquiría invariablemente en Casa Piscitelli. A menudo se la podía ver merodeando por allí a la caza de otra versión del *Konzert in A- Dur KV 622 für Klarinette und Orchester* de Wolfang Amadeus Mozart, pues aunque tenía unas 35 interpretaciones, disfrutaba grandemente de pasar en el combinado el *adagio* a repetición. Cultivaba la curiosa teoría de que, cada vez que esa composición sonaba, el querido Dios se apartaba por un instante de la Creación y, sentado sobre una nube, dirigía la orquesta y se felicitaba por el Hombre.

Pocas cosas le agradaban más que convidar a sus amistades y relaciones a un té y pocas cosas le causaban mayor grado de excitación. Por supuesto, una excitación muy a la inglesa. Ya el sólo hecho de escribir las invitaciones le provocaba un regocijo infantil. Planear el menú y seleccionar los manteles de fino encaje para lavarlos y almidonarlos le amplificaba el frenesí. Unos días antes, caía en trance y, mientras ayudaba a Jane a pulir la platería, se debatía entre exhumar el juego de porcelana Wedgewood o el Royal Worcester. Carcomida por la duda, se iba a la feria a comprar lo necesario. Llegada la fecha, directamente la asaltaba un estado rayano con el paroxismo. Una y otra vez, revisaba el correcto aliño de tazas y platos, azucareras, lecheritas, servilletas, cubertería y demás enseres. Inquieta, hacía y deshacía el arreglo de gardenias que presidía la mesa. Las rodajas de limón tenían que describir un minucioso abanico, que prestamente se empeñaría luego en restaurar cada vez que alguien se sirviera. Recibía a sus invitados en el pequeño *parlour* presidido por un retrato de HRM Queen Elizabeth II y, una vez que todos se encontraban sentados en los lugares designados según primorosos cartelitos, con una leve inclinación de cabeza y un medido ademán de la mano derecha, indicaba que podían comenzar a probar los sándwiches, bocaditos, panecillos, *muffins*, mermeladas, *scons* y demás delicias que con tanto esmero había preparado. En invierno, se encendía la vieja chimenea pero, si el tiempo lo consentía, preparaba las mesas en el jardín trasero y todos fingían encontrarse en la querida y lejana isla.

También se desempeñaba como secretaria de actas y bibliotecaria suplente de la *Women's Diocesian Association*, que funcionaba en el salón parroquial, donde se organizaban kermeses y ferias de platos para recaudar fondos para indigentes, menesterosos y enfermos. La asociación era regida por las mellizas Hypatia y Millicent, ambas hijas del Reverendo Alis-tair Bulwer-Lytton y casadas, respectivamente, con el Dr. W. C. Howard, a la sazón veterinario del hipódromo del Lomas Jockey Club, y el ingeniero Edward Phillips, gerente general de la fábrica de galletitas. Precisamente en la biblioteca, se abastecía del material que alimentaba su imaginación y exacerbado romanticismo. Se había devorado todas las novelas de Jane Austen y, para inspirarse en la indómita Lizzie Bennet, tenía siempre sobre la mesita de noche un ejemplar de *Pri-*

de and prejudice. Asimismo, la conmovía hasta las lágrimas la historia de amor entre Edward Rochester y la huérfana devenida en institutriz, protagonista de la novela *Jane Eyre* de Charlotte Bronte. Disfrutaba por igual de los cuentos de Dickens. Pero su favorito era sin dudas Lewis Carroll, con toda la saga de *Alicia en el País de las Maravillas*. Los avatares de la niña poblaban sus ejemplificaciones y eran la fuente habitual de citas y comentarios. Así, por ejemplo, la proverbial parsimonia de Jane le hacía exclamar: «¡Acabas con la paciencia de una ostra!».

De hecho, la mascota familiar se llamaba Cheshire por el gato funámbulo del cuento que, como es bien sabido, poseía las virtudes de sonreír y desaparecer a voluntad. Pero no eran estas características las que dieron lugar al bautizo, sino un afán de que el minino hablase. Si bien es cierto que todos los animalitos de ese reino del revés conversaban con Alicia, digamos que a la señorita Iphigenia le resultaba indiferente que el Conejo Blanco o la Oruga hablaran. O en todo caso, le servían para reafirmar su monomanía: si a seres inferiores les estaba concedido el comercio de la palabra, cuánto más a su Cheshire, que era tan inteligente. Las sesiones de adoctrinamiento empezaban a la hora del desayuno y no cesaban nunca. Había días enteros en los que el pobre animal no probaba una gota de leche en represalia por su inconcebible negativa a hablar. Cuando lo sorprendía tomando sol, displicente, entre las hortensias, lo alentaba a hablar, a ejemplo de su homólogo o de Tobermory, el también gato parlante del cuento de Saki. Como el bicho daba muestras de cualquier cosa menos de querer hablar, se encrespaba y acudía como último recurso a las irrefutables citas bíblicas, trayendo a colación la historia del profeta

Balaam y su locuaz asna, según el relato del *Libro de los Números*. No obstante que la obtusa mirada del gato le agigantaba la herida, volvía a la carga enunciando que ya en el Jardín Terrenal del Génesis hubo una serpiente parlanchina. Pero la pequeña criatura, además de muda, debía ser sorda y atea.

El asedio de algún atisbo verbal en el pobre Cheshire la mantenía en un estado de permanente vigilancia. Había épocas en las que la ansiedad la extenuaba y a veces era tal la obsesión que hasta le costaba conciliar el sueño y andaba irritable e insomne. La infortunada Jane pagaba los platos rotos. Un día razonó que, tratándose de un felino rodeado de hispano parlantes, podía no carecer de lógica que el inglés le resultara un poco arduo y comenzó a hostigarlo en castellano. Pero difícilmente el pobre animal comprendiera mejor cuando le reprochaba que el Conejo Blanco era capaz de expresar: «¡Válganme mis orejas y bigotes, qué tarde se me está haciendo!». Ciega en su cometido, se dice que en alguna ocasión anduvo detrás del gato blandiendo en procesión un libraco español con las fábulas completas de Esopo, Fedro, La Fontaine, Iriarte y Samaniego, mientras le recitaba los coloquios de leones, zorros, garzas, serpientes y cuanto ser del bosque conviniera a sus fines. Como si se tratara de una deidad distante, el animal mantenía su mutismo.

Si los inmigrantes italianos o españoles, a los que tachaba de anarquistas o partidarios de la huelga y el desorden, le causaban desconfianza, no era menor el recelo que dispensaba a los hijos de la tierra. No obstante, razonó que, tratándose de mascota nacida en estas pampas australes, haría falta algún ejemplo local para forzar la indómita voluntad del gato. Le llevó un tiempo considerable, pero finalmente halló oportuno sustento a su utopía y circuló un tiempo persiguiendo a Cheshire con las peripecias de Yzur, el mono parlante de Leopoldo Lugones. Pero increíblemente, el gato se negaba a replicar la conducta de sus congéneres literarios.

Por más que la dama inglesa se daba bríos recordando que *siempre se llega a alguna parte, si caminas lo bastante*, a punto estaba de darse por vencida cuando, casi al pasar, leyó una noticia en el *Herald*. Le costó un rato asimilar que se trataba del periódico y no de otro libro. Se calzó mejor las gafas y repaso la crónica periodística. Entró en un estado de *quiet desperation*. Una marea ácida comenzó a abrasarle la boca del estómago, se le resecó la garganta y, paradójicamente, no pudo articular palabra. Una cosa son las personificaciones engañosas de cuentos y fábulas con las que una mujer aburrida se entretiene mortificando a su mascota y otra muy distinta es leer, una mañana temprano, que los sueños pueden hacerse realidad, pero en el otro extremo del orbe. La noticia decía:

[UPI– Una señora de 70 años, oriunda de la ciudad de Changchun, afirma que Mimi, su gato, se ha transformado en una celebridad gracias a su habilidad para hablar. «Estaba jugando mahjong en casa con mis amigas, cuando de pronto escuché que alguien me llamaba 'Laolao' (abuelita)», comentó. «Primero pensé que era mi nieta, pero ella no estaba en casa». Ahí fue cuando se dio cuenta de que la voz no era de un ser humano sino de su adorable ga-

to. «Creo que Mimi aprendió a decir 'Laolao' ya que mi nieta me lo dice todo el
tiempo», explicó la dama, agregando que
desde esa primera palabra, Mimi ha am-
pliado su vocabulario].

Recobrado el aliento, sospechó que se trataría de alguna broma de mal gusto o, quizá, de un error de traducción. Con su habitual puntillismo, contactó al bi-
bliotecario titular, que ocupaba un puesto subalterno
en la oficina local de *United Press International*. Phi-
neas Guthrie era de Inverness y, aunque hombre eru-
dito, estaba obligado a trabajar como periodista. Tuvo
que revisar algunos papeles para corroborar que la
noticia se hubiera publicado realmente. Azorado al
constatar el contenido de cada línea, atinó a justificar
la situación, explicando que al corresponsal en China
lo conocía de la guerra y que era un pecador irredento,
dado a la bebida y al opio. Ajeno al mal que se gesta-
ba, se sintió obligado a morigerar la impiedad del
aserto y, parafraseando a Lucrecio, recordó que si los
átomos, que en cifra innumerable revoloteaban la infi-
nitud del cosmos, después de transitar por múltiples
encuentros casuales e infecundos, acertaron, por fin,
en conjugarse de modo que dieran para siempre origen
al universo y a todo género de seres vivientes, bien
podía ser que, en permutación propicia, se hubiera
engendrado en la China un gato orador, máxime en un
país tan dado a las cifras descomunales.

La señorita Iphigenia Smith-Burnett encontró en la
biblioteca un ejemplar de la *Toxicología* de Erskine,
semejante al que Lord Arthur Saville examinó para
llevar adelante su asesinato, en la obra epónima de

Oscar Wilde. En la farmacia La Inglesa del Sur, no le hizo falta mentir. Conforme la más favorecida etiqueta, un delicado plato de porcelana de John Aynsley and Sons ofició de eficaz patíbulo.

El último pretoriano

Iovis omnia plena: ille colit terras, illi mea carmina curae.

Publius Vergilius Maro, *Ecloga III*

A pesar de las exageraciones contenidas en las crónicas apócrifas, es probable que en la batalla hubieran perecido más de cinco mil bárbaros. Si la reciedumbre de sus legiones era fama, la pericia militar del magno General nunca estuvo en disputa. Acampado fuera del *pomerium*, resultó natural entonces que reclamara para sí el Triunfo. Por una vez, no fue necesario tentar la venalidad del Senado y prontamente se lo decretó triunfador, disponiéndose un presupuesto considerable para la celebración de las honras. Los políticos y los hombres de armas siempre se han necesitado mutuamente.

Desde el Campo de Marte se organizó la entrada solemne. Los magistrados y senadores encabezaban la ceremonia militar. Luego, un séquito de trompetas precedía la ostentación del botín, pleno de ídolos allanados, armas rendidas y el oro capturado. A continuación, un par de toros blancos con los cuernos dorados y tiaras de papel entrelazadas, caminaban ordenadamente. Son las víctimas cuyo sacrificio ha de resultar culto agradable a Júpiter Capitolino. En seguida, son trasladadas unas aceptables representaciones de las hazañas del conquistador y pancartas con los nombres de las plazas rendidas y las matanzas perpetradas. La firmeza en el suplicio consiguió que unos prisioneros confeccionaran con premura, pero también con pericia, unos cuadros de notable elocuencia. Este despliegue pictórico anticipa el esperado tránsito de los vencidos que, encadenados unos a otros, componen un purulento desfile de barbas inconcusas, yelmos de fatua cornamenta y andrajos de lo que fuera un ropaje colorido. Al frente de esa cohorte de fantasmas y espectros, marchan con recobrada altivez los caudillos sometidos. Pronto los verdugos se emplearán sin descanso en la cárcel Mamertina.

Las vías y las plazas habían sido engalanadas con guirnaldas de colores y en los sucesivos templos se quema incienso y otros perfumes de la tierra. El público se apiña para celebrar el paso de los guardianes del Imperio. De vez en cuando, es bueno contemplar a aquellos por cuya sangre resulta posible el bienvivir de los ciudadanos. Concluido el paseo de los cautivos, marcha con orgullo marcial el colegio de lictores, portando las *fasces* al hombro. Son el símbolo de la autoridad y del poder de Roma. En seguida, se entremezcla un cuerpo de flautistas con ejecutantes de cítaras y otros instrumentos que mantienen el compás de la procesión.

La multitud estalla en vítores y aplausos y se arremolina para ver mejor el paso del carro triunfal, tirado por cuatro elefantes blancos. La ocasión consiente semejante dispendio de las arcas oficiales. El General luce imponente, majestuoso, el bravo rostro pintado con el color de los inmortales, la túnica palmada, la toga recamada en oro, la corona de laurel y el cetro con el águila marmórea. A sus espaldas, un esclavo sostiene sobre su cabeza la corona de oro de Júpiter Óptimo Máximo y a intervalos le musita el admonitorio *memento mori*: recuerda que eres mortal, recuerda que has de morir.

Cierran el desfile las atrevidas legiones, con sus divisas y condecoraciones, sus águilas y laureles, sus colas de caballo y sus penachos; sus petos y sus cascos. Los rayos de los escudos reverberan soles llameantes. Conforme es uso, entre risotadas y gritos, las tropas veteranas proclaman el triunfo de su paladín mientras festejan todos sus defectos e inconsistencias, no vaya a ser que los dioses le envidien las delicias alcanzadas. A los pies del Capitolio, el General observa el paso de sus legiones. Presiente el asombro del pueblo por tanto botín acumulado y disfruta de la torva envidia de patricios, magistrados y senadores. Ya anticipa el sabor de los manjares que lo aguardan en el banquete. Ya vislumbra la ávida lascivia de las mujeres que lo escrutan. Se sumerge en el favor de los dioses y se deja abrazar por la gloria. Se aproxima la columna final. Llega el momento de ofrecer el laurel y las insignias, de inmolar las primicias y las víctimas seleccionadas. El último pretoriano, sin descuidar el paso ni la gallardía, lo traspasa entonces con su espada.

Las canalladas, propias de la sucesión, privaron al magnicidio de toda elucidación. Aunque el griterío y las corridas hacían inaudible cualquier dictamen, algunos oportunistas dicen que el asesino pertenecía a una nueva secta y que las palabras que pronunció fueron: *memento homo, quia pulvis es et in púlverem te reverteris*, esto es, recuerda hombre que polvo eres y que en polvo te convertirás. Otros arriesgan que se obró por salvaje despecho, al juzgarse postergado en el mérito de haber yugulado al principal caudillo bárbaro. Terceros, más terroríficos, invocan el designio Joviano que, de manera harto frecuente, con una mano concede la apoteosis frenética y, con la otra, malhiere hasta la impiedad. Desde la noche de la Historia, querido lector, el misterio del último pretoriano aguarda tu versión.

El Dios de Piedra Negra

llud autem quod primun intellectus concipit quassi notissimum, et in quo omnes concepciones resolvit, est ens.

Santo Tomás de Aquino, *De Veritate*

Alo, 1... 2... 3... probando. No sé qué decir. Mientras más lo pienso, mayor es la desdicha. Las ideas se me enredan, la pasión me atropella y, para intentar una relación coherente, me he puesto a platicar tonterías frente a la grabadora. ¡Si encontrara por dónde empezar! Todo esto me tiene tan perplejo... [Se escucha la remoción de unos papeles y un sonido que parece el flamear de placas de RX]. Con el escándalo he omitido presentarme: soy el profesor Johann Nepomuceno Sepúlveda de la Universidad Regia de Medinaceli. Quizá lo castizo de mi acento pueda llamar a engaño, pero soy natural de esta pequeña república que apenas si figura en los mapas mesoamericanos y a la que he regresado, merced a una invitación de la Cancillería y de la Universidad Autonómica de Las Hibueras. Regresar... ¡qué extraña palabra! y nada menos que para dictar una conferencia sobre «El Dios de Piedra Negra». Tendría que sentirme abrumado por el honor y me estoy desbarrancando

por la tristeza. Hablar del Dios de Piedra Negra. Justo
este día, justo ahora.

Es difícil explicar el significado del Dios de Piedra
Negra para quien no sea un connacional. La identificación del dios con la Patria tiene una solemne hondu-
ra que no es de hoy. Portada ineludible de los atlas
mundiales, es mucho más que nuestra *Tour Eiffel*. Ya
en sus «Crónicas Inconcebibles», Fray Santiago de
Huelva refiere que Hernán Cortés, por infidencia de
Gonzalo de Sandoval, tomó conocimiento de que en
provincia adyacente a Quauhte-mallan existían tierras
regidas por una ciudad «donde las ánimas iban perdi-
das a los infiernos debido a sus muchos vicios y so-
domías y cuyo esplendor no le va en zaga a El Gran
Cairo y que en sus adoratorios, llenos de demonios,
hacen gran acato a un Muy Poderoso Señor de la Piedra Negra y le ofrecen sacrificios y todo género de
maldades». Desde esta primera mención, su presencia
jalona nuestra historia. En la gesta independentista,
entró en combate al frente del Regimiento de Cazadores en la única batalla librada en suelo patrio. Durante
la Guerra Civil de 1880, Azules y Colorados se dispu-
taban por igual su protección y todavía es un episodio
no resuelto a cuál bando debe imputarse la bala que
cercenó parte de su penacho. Durante su tercera presi-
dencia, el mariscal de campo Xibalta García Silleta
tuvo un arrebato místico y se proclamó de la progenie
del dios, de modo que 1950 fue declarado «Año del
Dios de Piedra Negra» y el Instituto Antropológico
Nacional constituyó una comisión, encabezada por la
prestigiosa historiadora Shirley Sharon Castillo Silleta, para realizar una exhaustiva investigación sobre los
orígenes de la devoción. El *coup d'Etat* liderado por el
brigadier general Ernesto Römmel García Silleta

frustró que se llegara a conclusión alguna y, aunque por ley estuvo prohibido nombrar al Depuesto Dictador Tiránico (a quien la maledicencia de la época empezó a llamar DDT), el Dios de Piedra Negra fue prudentemente eludido por los sanguinarios escuadrones de la Policía Cultural. Para los festejos del Quinto Centenario, se envió a Sevilla una réplica a tamaño natural, que es hoy la atracción más visitada del Museo de Arte Precolombino matritense. Con la llegada del nuevo milenio y la instauración de la 2da. República Maya, se adicionó su querido perfil a la Bandera de la Patria.

Pero no vaya a creerse que nuestra estatuaria deidad se agota en un repertorio para nominar edificios públicos, bautizar escuelas, otorgar condecoraciones o multiplicar subsidios. Su alcance como significante doméstico transciende el rol de ilustración de guía de viajeros. El pueblo se ha aferrado a la imagen como el más sagrado símbolo de la identidad nacional, la resistencia y la lucha revolucionaria. Ni siquiera la reciedumbre con la que fue apagada la reciente Insurrección de los Machetes logró menguar la veneración popular. Hasta la cerril Iglesia, de alguna manera, ha hecho la vista gorda, consintiendo la cohabitación junto a otras imágenes más propias de su fe. Recuerdo que, cuando era pequeño y mi madre me llevaba al Hospital del Mar, al lado de una imagen de la Virgen había una más pequeñita del Dios de Piedra Negra. Ya entonces me hacía gracia ver a las gentes tocar al ídolo y persignarse con piedad. En los sitios de devoción, eran infinitas las muestras de agradecimiento por milagros y otros portentos que la piedad popular imputaba a la benevolencia del dios.

He referido a mi madre, mi santa madre. ¡Qué coraje! ¡Cuántas privaciones pasó para criar a un hijo en soledad! Dicen que mi padre fue un sueco o un finlandés del mercante Nordstjärnan, que supo enamorarla antes de hacerse a la mar. La tempestad que engulló su barco nunca le permitió saber que un hijo venía en camino. Creo que se hubiera espantado de haber conocido la aldea casi paleolítica donde nací, un 16 de mayo, lejos en el tiempo, pero mucho más lejos aún de la majestad que alguna vez alumbrara estas regiones. Nada queda de aquel fasto aborigen, salvo unas ruinas carcomidas por la selva, y claro, el Dios de Piedra Negra.

¡Ah... los mayas! En nuestro país se afincaron en el extremo más occidental y su influencia se extendió desde el Río de las Caguas y la pendiente de San Francisco Solano hasta el Río Verde, ocupando algunos valles como el de Kinich Ahau (el Valle del Sol) o estribaciones como la de Oxlahuntiku (también llamada la Sierra de Los Guardianes de los Trece Cielos). Es bien sabido que no hay nada de su meritorio refinamiento que me resulte ajeno. La tesis doctoral que me otorgara fama es el corolario de una vida consagrada a sus templos piramidales, sus palacios, sus observatorios, sus mercados, sus canchas de pelota y demás edificios. [Un prolongado silencio es interrumpido por otro revolver de papeles y láminas. Se escucha un largo suspiro]. Sin embargo, es necesario que haga una confesión: el origen de mi *expertise* proviene de una beca en la Sorbonne a la que nadie quiso aspirar y que me sacó del país. Un poco por desidia y otro poco por necesidad, tras veinte años de esforzado ejercicio, me he convertido en indisputable autoridad de territorios en los que nunca he estado, exégeta de textos que jamás he corroborado. Es verdad, no conozco ninguna de las ciudades sobre las que versan mis siete libros, jamás las he visitado. Pero no soy un impostor, como amenaza con denunciarme mi exesposa, ni mi exilio en España fue por razones políticas, como algunas biografías apócrifas se encargan de ensalzar. Nada impedía mi regreso, pero considerar la sola posibilidad me imprimía un sacrílego temor. Me convertí en prisionero de una cárcel sin cadenas. Es arduo justificar el simbolismo mágico que le otorgaba a mi ausencia. Por otro lado, a la distancia, mis estudios cobraron un *rigueur*, una translúcida evidencia. Sin la más mínima intención, me he convertido en un referente de toda moderna teoría que se vincule con el culto al Dios de Piedra Negra. Sin duda alguna, no descarto que la posteridad me tenga reservado un escaño junto a F. Petrie, Sir Alan Gardiner y al mismísimo Jean-Françoise Champollion. No ha de extrañar entonces que se haya decidido imponer mi nombre a la biblioteca de la Universidad y que mi conferencia sea el acto académico más importante de todos los que se ofrecen, en el marco de los festejos del 150º Aniversario de la Declaración de la Independencia.

Pero repasar torpemente mi biografía y dar vueltas como un perro, en lugar de acallar la angustia, me ha causado mayor tribulación. Voy a tratar de ceñirme a la estricta presentación de lo que fue sucediendo, a ver si finalmente puedo decidirme por un curso de acción. [Otro largo silencio]. ¿Cómo empezó todo esto? ¿Cómo pudo suceder todo esto? Alguien tocó a la puerta cuando estaba tratando de recuperar mi gracejo *creole*, mientras recitaba frente al espejo una breve reseña sobre los progresos en ciencia y sabiduría; las guerras programadas, los dioses sangrientos y la epopeya libertaria inspirada por el Dios de Piedra Negra.

Un desaliñado botones me dejó un voluminoso sobre de papel marrón dirigido a *Me. le proffeseur*. Rasgué el envoltorio con menos curiosidad que fastidio, pensando que otro estudiante se empeñaba en frustrar el enésimo ensayo de mi discurso de agradecimiento por la Orden de Gucumatz, en el Grado de Gran Cruz Alada. Me equivoqué fatalmente. Alguien quería llamar mi atención, sin dudas, pero no en el sentido que imaginaba. Lo primero que advertí fue un recorte del periódico local *El Régimen Unitario*, fechado dos años atrás, donde se daba cuenta de un hallazgo arqueológico. La noticia era sencilla y describía sucesos todavía habituales en estas tierras: un Cabo Primero del III Batallón de Lanceros, persiguiendo una descubierta del Ejercito Popular Tiburcio Gastasume, se topó en la zona de Ixchucapan con unas vasijas que contenían valiosos escritos en un admirable estado de conservación. Con alguna vaguedad, se hacía referencia a ciertos mapas y direcciones que habían permitido desenterrar numerosos monumentos. Luego había otro sobre, más pequeño, con fotografías que retrataban, con absoluto detalle, una sucesión de estelas. Al divisar el glifo del Dios de Piedra Negra, sentí como si un rayo me hubiera atravesado. Un temor visceral me tomó por asalto.

No hizo falta seguir la numeración al dorso para componer la secuencia. Mis dedos transitaron por las fotografías intentando absorber las vívidas inscripciones de piedra. Por su forma cursiva, correspondían al período tardío, entre 1300 y 1500 d.C. A pesar de que en ese período el sistema de escritura era de tal complejidad que una misma palabra podía representarse de muchas maneras, una sola lectura fue suficiente. La verdad tiene esa diáfana presencia. [Otro largo silencio y el tintinear de los hielos en una copa]. Hasta hoy, la historia oficial se sufragó con una porción de la Escalinata de los Jeroglíficos en Copán, a partir de la cual se sostuvo que el Dios de Piedra Negra era una representación de *Blom Ki Tzé* (Risa de León), uno de los cuatro hombres primordiales que sobrevivieron a los sucesivos fracasos que afrontaron los dioses a la hora de crear a la Humanidad. Es aceptado pacíficamente que esta personificación de los padres originarios refiere en particular al primero de ellos, un hombre a quien por sus méritos se elevó a la condición de deidad. Mi reciente libro está dedicada *in totum* a colectar las doctrinas que, desde diversas vertientes del pensamiento, han pretendido explicar el origen del Dios de Piedra Negra. Lectores tardíos de Gall y Spurzheim se prodigaron en frenológicas mediciones destinadas a corroborar la evidencia de una armonía que prefiguraba los atributos divinos. En el otro lado del espectro, una capilla de neoaristotélicos localizó en el dios la más elocuente demostración del *synolon* metafísico. Una rama de empiristas lo exhibe como epítome del hombre como pantalla refractaria de las imágenes que una divinidad proyecta.

No soy nada original si repito que el mundo, tal como lo representamos, es objeto de interpretación. Ojalá pudiera ampararme en el *esse est percipi* del credo berkeleyano para sustraerme de la evidencia que refuta siglos de estudios y argumentaciones. Pero está todo allí, a partir del glifo introductorio de la serie y de la fecha («En el día 19 —*Cauac*— del mes *Xmacaba* el señor Blom Ki Tzé se manifestó o se entregó...»). No me encontraba preparado para descubrir cuánto nos hemos acostumbrado a mentir. Ku'k Mo' nunca pudo escribir en la Escalera de los Jeroglíficos sobre este Dios de Piedra Negra, salvo que fuera capaz de la profecía: los hechos representados son de toda evidencia posteriores.

Quizá revisar el contenido de las imágenes me permita recobrar la calma. O intentarlo. La Foto 1 cuenta que, en un resquicio de selva, se sostenía con gallardía una ciudad cuyo nombre ha sido piadosamente borrado. Hasta allí llegan noticias del regreso de Kukulkán. Se mandan unas avanzadas para investigar, pero los invasores masacran a los emisarios. Algunos dignatarios creen que los dioses se enojaron porque no fue a recibirlos el gobernante supremo, un *halach uinik* de nombre Ixpiyacoc. Otros, al borde de la herejía, creen que no son dioses y se aprestan para enfrentar a los usurpadores. De la Foto 2 surge que la efusión en la ofrenda sacrificial no logra aclarar la situación, salvo que se trata sin duda de los jaguares de Cizín, dios del Inframundo, que han venido para comerse al Sol. El *halach uinik*, en su condición de Supremo Hablador, decide mandar a un delegado a la Isla Xibalbá, donde habitan los señores malignos, a fin de indagar la voluntad divina mediante las inhalaciones rituales en el Volcán Chamiaholom. Como la ruta es escabrosa, plagada de riesgos y prohibida para los extranjeros, se decidió que era necesario el concurso de un campeón, un Caballero Jaguar. Se enuncian las proezas del sacerdote-guerrero seleccionado, que se llamaba Ahchujkak, el primogénito del rey.

La Foto 3 describe que, en el Templo de los Jaguares, los cuchillos de pedernal se volvieron a empeñar, esta vez con más de ciento cincuenta prisioneros, quienes sahumados de copal, fueron descuartizados en solemne oblación a Buluc Chabtan, dejando exhaustos al *nacom*, el sacerdote encargado de los sacrificios y a sus cuatro ayudantes, los *chacoob*. En una escena de infinita belleza, la Foto 4 relaciona que mientras todavía podía divisarse Noh-ek —la gran estrella que sale delante del Sol—, el Supremo Hablador, ataviado con su adarga y el cetro con cabeza de serpiente; el *ahuacán* o supremo sacerdote; los *ahinoob* o sacerdotes menores; los *chilames* o adivinos; la nobleza conocida como los *almehenoob* (los que tienen padre y madre); los guerreros pero, asimismo, los *poolom* o mercaderes; los artistas y aun la gente común llamada *yalba-uinicoob*, vieron partir a tan amantísimo hijo ataviado con vistosas pieles del felino homólogo, rodela, un *macuahuitl* y el casco repujado en forma de león montañés, con la boca abierta simulando rugido. Hay un increíble sentimiento en el repujado de la piedra que figura la silente presencia de su esposa, la princesa mexica Xótchil, que en *nahuatl* quiere decir Flor. Las palabras de despedida que el héroe le recita («Flor amarilla salida de mi corazón de piedra azul...».) nos llenan de piedad y desconsuelo.

Por la Foto 5 nos enteramos de los innumerables prodigios y miserias que tiene que enfrentar el valiente, a quien una fe ciega lo determina a avanzar, pese a las llagas que le suben por las piernas y los rigores que le laceran los brazos. Con dolor apenas contenido, sigue subiendo y el ascenso es súplica a los dioses de la tierra, los verdaderos dioses, para que no perezcan los suyos. En la Foto 6 se describe la periódica furia del volcán, con su fuego estrepitoso, los ríos de lava y las emanaciones del azufre propiciatorio que los sacerdotes aspiran para ser bendecidos con la revelación divina.

La Foto 7 regresa a los llanos, donde los conquistadores, comandados por Pedro de Alvarado, el mismísimo Tonatiuh, aplastan a los pobladores con sus armas y su poderosa tecnología, destruyendo todo a su paso. Da ganas de llorar por la destrucción de adoratorios y altares, las pinturas destrozadas y los dioses sustituidos por los que venían en las casas flotantes de los extranjeros. La Foto 8 vuelve al titán de los tiempos antepasados, quien ausente de esta ordalía, prosigue en su ascensión. Aunque no está muy claro, parece que una repentina fumata del cráter («Un eructo de los Dioses») lo alcanza próximo a entrar en las fauces de la tierra. No tuvo tiempo siquiera de gritar antes de quedar convertido en una estatua de piedra volcánica. La Foto 9 es aún más imprecisa. Puede constatarse un cambio en la escritura, quizás un cambio en el *ah ts'ib* o escriba o, aún, en el dictante. No podría decirse con exactitud, pero entiendo que los dispersados sobrevivientes del feroz exterminio fueron a buscar refugio en la isla. En su travesía, encontraron la imagen de un guerrero. El grado de asombroso detalle, la magnífica arrogancia de su manto, el brazo viril señalando la ciudad perdida, los persuadió de estar ante un portento celestial. El pasaje se torna errático, pero una interpretación contextual permitiría arriesgar que su sola presencia hizo cesar la huida del pueblo que, con renovado brío, volvió sobre sus pasos para cargar con fiereza contra los invasores que, ahítos de alcohol, mujeres y riquezas, se dejaron masacrar en sufragio del Dios Desconocido, cuyo nombre en las primeras épocas fue «Regalo de los Dioses».

Las difusas referencias geográficas no me permiten localizar a ciencia cierta ni la ciudad, ni el mítico volcán. En El Salvador, más precisamente en Joya de

Cerén, se descubrió una ciudadela que fue enterrada por las cenizas durante la erupción del Volcán de la Loma de Caldera. No me extrañaría que resulte el origen de todo. Recuerdo que, durante el interinato del almirante Guillermo Andújar, una comisión médica propuso examinar el interior de la estatua, con modernos medios de exploración no invasiva. La población, aireada, se manifestó por las calles dando un «Cacerolazo». La Junta Militar, justificada por el tañer nocturno de las cacerolas, destituyó al «monje laico» y abortó rápidamente el conato de sacrilegio cientificista. Nuestra historia es un rosario de desencuentros, pero hay embustes que nos hermanan y deben ser mantenidos a cualquier precio. Por eso este cuarto de hotel es testigo de mi desamparo. La imagen que me devuelve un impasible espejo me asusta. No soy yo el que está grabando estas palabras. Escucho a unas mucamas cuchichear detrás de la puerta. Ya casi no puedo distinguir el dialecto local, pero sin dudas hablan de llevar a un niño a recibir la «bendición del diosito de la piedra». Siento envidia por su feliz ignorancia.

N. del Editor: La grabación se interrumpe abruptamente entre gritos, quejas y lamentos; luego de un alboroto sustantivo, donde claramente hay órdenes invocando la autoridad de la Policía Cultural y un pavoroso ruido como a madera desgajada. El profesor Sepúlveda nunca se presentó a recibir su condecoración y ha sido declarado traidor a la Patria. Tiene orden de captura con autorización de ser ajusticiado en el acto de su prendimiento.

Flores muertas

L'Univers est Mental, il est contenu dans l'âme du Tout.

Le Kybalion

Últimamente, estoy durmiendo muy mal. Sí, es cierto, no es algo infrecuente en mi línea de trabajo. Pero de un tiempo a esta parte me despierto atormentado, nadando en sudor y, sobre todo, con una pungente incomodidad. A usted no puedo mentirle, querido amigo: es *esa* incomodidad la que me saca del sueño. Si bien no son cosas de comentar, sospecho que, siendo algo habitual entre varones prudentes, tanto más sucederá a colegas de rubro. Igual coincidirá conmigo con que es harto vergonzante. Y por si hiciera falta, quiero ratificarle que he intentado su conjura sin ahorro de énfasis alguno, pero ni el cilicio, ni el látigo han tenido la eficacia de otras veces. Y el horror no mengua. Y está empezando a afectar mi desempeño. Poco a poco se me van borrando los límites entre realidad y desatino. Al principio me consolaba imaginando que era un estadio transeúnte. Usted bien sabe, amantísimo padre, de las soledades que con-

105

lleva nuestro oficio. Pero con cada nuevo amanecer es más terrible. Y ya no quiero dormir.

Porque lo acontecido esta mañana me ha precipitado a invocar su amparo de capellán y confesor. No deseo ocultar nada. Aunque sé que es siempre el mismo sueño, por obra de extraño portento me está vedado recordar el abismo que me reclama al soñar. Anoche fui objeto de una ferocidad inaudita y la vigilia me acogió en penoso estado. Acudí al remedio salutífero de una ducha helada. Mientras soportaba esta nueva tribulación, todo intento de aseo me arrancaba un aullido. Con el pudor y recato que nos impone la San ta Regla, bajé la vista y descubrí un rosario de laceraciones y úlceras. Usted me conoce desde pequeño, querido *Monsignore*, usted tiene que creer-me cuando declaro que no eran causadas por algo que hubiera ocurrido en el mundo sensible. Por eso estoy aquí, implorando de hinojos me releve de mi ministerio.

Un vórtice abominable me pretende. Ahora que lo he visto, mi espíritu no puede sobrellevar lo porvenir. Porque hoy, Eminencia Reverendísima, hoy, me fue dado vislumbrar fragmentos de mi pesadilla. O más bien, me asaltó el eco de una admonición, donde una voz a mis espaldas, con aliento a flores muertas, reprendía a una niña de cabellos rojos:

—Lilith, ya te he dicho que no se juega con la comida. Además, el padre Merrin es mío.

Y entonces no habrá más miedo

Yo soy aquel que escapó de la serpiente enroscada, he ascendido como un soplo de fuego y he regresado.

Libro de los Muertos "Declaración 541"

Tengo que apurarme. Quizá deba omitir algunos detalles o, tal vez, deba escribir hasta el último pormenor para que la advertencia resulte más efectiva. Me queda muy poco tiempo y no termino por decidirme. Si al menos pudiera librarme de este horror que me carcome. Desde que el presagio se tornó realidad, ya son varias las noches con el sueño vacante. Al principio, creí que se trataba de otra de mis pesadillas, pero pronto comprendí que se había acelerado la codicia de las tinieblas. Y ahora que se acerca el final, todo empieza a tener sentido.

De niño, pasaba las vacaciones en Valle Hermoso. Cada verano, allá partía la familia, con los abuelos, primos y hasta el perro. Ni bien llegábamos, me ponía a reunir a La Pandilla, un grupo más o menos estable de amigos que se había formado a lo largo de los años. El elenco estable se integraba con los mellizos Tuzzio, Luis Sáez, el «Gordo» Esteban, el «Nano» Zaffaranna y el «Chuchi» Kamin. Se sumaba un porteño, que pomposamente se hacía llamar Jorge Guillermo Federico, y un correntino, apodado «el Moncho». Y no me puedo olvidar de Dieguito, el «Perfectorio», que era un cordobés muy gracioso. Y después, estaba un chico —siempre me elude su nombre— al que le decíamos el «Colo». El jefe era yo, no tanto por una temprana vocación al liderazgo sino más bien porque la base de operaciones estaba en nuestra casa. Durante el día, cuando no estábamos jugando a la pelota, nos dedicábamos a los experimentos científicos más estrafalarios y, por las noches, nos tirábamos panza arriba a mirar las estrellas. Pero si de actividades nocturnas se trata, la mejor, la más espantosa, era jugar a las escondidas en el cementerio local. Cada uno apuraba la cena para acudir sin demora hasta el cañadón, donde se prendía una fogata y, sin ahorro de truculencias y exageraciones, se contaban historias de ánimas con una linterna apuntando a la barbilla.

El Moncho sabía contar la leyenda de la joven que, en noches sin luna, se aparecía en el cementerio de su Corrientes natal arrastrando un capote de terciopelo rojo. El odioso de Jorge Guillermo Federico relataba la leyenda de Rufina Cambaceres quien, muerta a la edad de 19 años, fue enterrada viva en La Recoleta. Las historias se sucedían cada vez más pavorosas y, cuando la ansiedad se convertía en estremecimiento, nos íbamos hasta el cementerio, donde los que habían perdido el día anterior contaban y el resto corríamos a escondernos, atravesando galerías, corredores y pasillos; eso sí, de a parejas, porque a pesar de la irreverencia no perdíamos del todo la sensatez. Mi pareja era el chico pelirrojo, ése, que nunca me sale el nombre. El pibe tenía una especie de radar para eludir las pesquisas y, también, las zonas que señalaba como vedadas a los vivos. Pero tanto sigilo claudicaba cuando pasábamos por una bóveda con querubín dormido: ahí se le daba por gritar. Nunca entendí por qué lo hacía. Creo que, de nosotros, era el que más disfrutaba de ese juego que nunca debimos jugar. Ojalá nunca hubiera estado ahí, ojalá no hubiera sido tan imprudente. Avistar ahora los sumideros de lo inexorable me desespera menos que la abominación de lo que vendrá.

Cada cual tenía su escondite favorito o, en todo caso, donde se sentía más a salvo. A los «melli» Tuzzio siempre se los podía encontrar detrás del cenotafio del ángel con trompeta. Justamente, uno de ellos juraba que un primo suyo supo conocer en un baile a una muchacha con un vestido de encaje blanco. La danza se hizo charla y la charla, confidencia. La madrugada los sorprendió contándose sus cosas. El frío de la joven resultó ocasión propicia para exhibir buena educación y el caballero le cedió su saco. A la mañana siguiente, ramo de flores en mano, el enamorado decidió pasar por la casa de la chica. Al borde del desequilibrio, se enteró de que llevaba años de fallecida. Con todo, la madre le dio las señas para hallar la tumba de la chica. Al llegar al cementerio, el galán horrorizado encontró su propia chaqueta sobre la lápida.

El Nano, que era el más valiente, se filtraba por una edificación de forma inaprensible, adornada con efigies que no remitían a nada humano. Nada agregaré de las otras usurpaciones que, se dice, perpetraba dentro. A él le gustaba meternos pavor con la historia de la señorita que un conductor levantaba en medio de la ruta y que, luego de charlar durante unos cuantos kilómetros, solicitaba bajar en inmediaciones del camposanto, sitio al que ingresaba por el muro. El colorado y yo solíamos acurrucarnos a continuación, tras un ángel de alas dobladas, donde extrañamente cabíamos los dos. Él repetía la historia del muchachito que, el día de su cumpleaños, por buscar un pelotita del perro, metió las manos en unos arbustos, donde lo atacó una víbora de coral. Con morbo, relataba la agonía en la Garganta de la Muerte y el errar como alma en pena. Decía que todos en el cementerio de Valle Hermoso juraban haberlo visto alguna vez, sembrando el terror entre los que se retrasaban más allá del horario de visita.

Andar entre las tumbas me generaba una mezcla de pánico visceral con fascinación. Confieso que la noche en que vimos a un espectro salir tambaleándose de un nicho, se me paralizó la sangre. El pelirrojo en vano pretendió serenarnos, alegando que podía certificar que se trataba de un vagabundo que dormía allí sus borracheras. Pese a todo, le resultó imposible convencernos y obviamos pasar cerca del cementerio. No voy a negar que el recuerdo de esas y otras abominaciones hacía que algunas noches me costara dormir, acechado por presencias que hacían cabriolas por entre diminutas iglesias, coronas de mármol, placas enverdecidas, fotos gastadas y flores marchitas. Curiosamente, me dormía con el pacificador sonido de una pelotita de goma rebotando por la galería de nichos.

Después de un tiempo, la apatía de noches iguales, o el deseo de recobrar la emoción, suscitó la insensatez de usurpar nuevamente el descanso de los que nos han precedido en la Última Sombra. Se recompusieron las parejas, llenando los baches que habían dejado los remisos y timoratos. El coloradito no aparecía desde el episodio no aclarado, quizá ofendido por nuestra falta de confianza en sus certezas de ultratumba. No tuve más remedio que costearme hasta el pie del Cerro. El Gordo Esteban me dijo que, al fin de cuentas, para algo era el jefe de la Pandilla. A medida que desandaba la trepada, me iba ganando el desasosiego. Varias veces estuve a punto de volverme. Otra vez frente a la puerta de la casita, el terror se me terminó de abismar. Tartamudeando, apenas si pude preguntar. Lo primero que obtuve fue una mueca de estupor, pero al insistir, señalando al chico del retrato en la pared, los padres me echaron a los gritos. Algunos siguen diciendo que confundo las historias o que quise crear mi propia fábula. Sin embargo, los gemidos de la madre y el llanto del padre aún perduran en mi memoria. Yo lo sufrí entonces, lo sospeché siempre y lo presiento ahora. Por fortuna, la juventud sobreviniente nos fue modificando los hábitos y, en lugar de perseguirnos entre lápidas y sepulturas, empezamos a perseguir a las chicas, cuya inesperada existencia descubrimos ese verano. El juego había cambiado, pero el temor era casi el mismo.

En una de las tantas crisis económicas, la familia tuvo que vender la casa. Después llegaron los años de facultad y las vacaciones en el mar. Y así nos hicimos hombres y cada cual buscó su camino. Pese a todo, una parte de mí se quedó allá para siempre. Desprendernos de ella, antes que un quebranto económico, fue una pérdida muy grande. Supongo que una invisible cadena de causas y efectos hizo que un domingo me entretuviera con los avisos clasificados. Leer el diario es uno de mis placeres pero, aunque examino hasta las necrológicas, nunca llego a la sección inmobiliaria.

Esa mañana, como respondiendo a un impulso, reparé en el anuncio de venta de un solar en Valle Hermoso, de comodidades muy parecidas. El corazón volvió a latirme en el pecho. Las averiguaciones del caso confirmaron el pálpito y, aunque pedían una pequeña fortuna, compré la casa usando los ahorros que una tía me había heredado.

Se acercaba mi cumpleaños, de modo que, con abundante regateo y no pocos sobornos, convencí a esposa e hijos de celebrar Pascuas de Resurrección en las Sierras. Llegamos la víspera de Domingo de Ramos. La casa estaba muy desmejorada, pero regresar a los lugares donde uno fue feliz siempre tendrá algo de reencuentro con el que éramos entonces. De los muchos porvenires que nos aguardaban, sucede que terminamos siendo este que somos. Y ahí estaba yo, con mi familia, abriendo la gran verja de hierro. El sonido de las ruedas sobre el pedregullo me recordó a mis padres y volver a ver los arbustos al costado del camino me hizo saltar las lágrimas. Desde afuera, la residencia lucía muy estropeada y el interior no estaba mejor. Un cuadro de retrato ausente era toda la ornamentación que quedaba. Mi hija mayor inició uno de los tantos conatos de resistencia, negándose a dormir en esas camas inmundas rodeadas de candelabros. El sarcasmo de los más chicos no colaboraba a mejorar la situación. El silencio de la legítima, ratificaba el reclamo.

Aunque con gesto prestidigitador abrí una habitación donde estaban los colchones, ropa de cama, vajilla y demás enseres que había mandado a comprar, igual empezaron a confabularse para negarme toda colaboración a la hora de limpiar y poner orden en *tu* casa.

Cuando iba a empezar otro vano discurso sobre la necesidad de preservar las memorias, de honrar las vidas anteriores, llegó el contingente para la reconstrucción. Di un par de instrucciones y partimos a ocupar el único hostal del pueblo. A medida que íbamos pasando, comencé a describir los lugares de mi infancia. Alguna repercusión finalmente encontré porque cesaron los resoplidos adolescentes. Al llegar al cementerio, amagué a contar que allí mismo jugábamos a las escondidas, pero mi mujer me fulminó con la mirada.

Mientras la familia entretenía la jornada con el vagabundeo y la compra de artesanías varias, yo me dediqué a dirigir las tareas de restauración. Fui extremadamente minucioso y, tras un par de días, los reuní para avisarles que *nuestra* casa estaba otra vez habitable, tal como la recordaba. La cara de embeleso de mis hijos y la aprobación de mi esposa me llenaron de dicha. Por fin podría celebrar mi cumpleaños con todos ellos. ¿Cómo saber que ni ellos ni yo teníamos que estar allí?

Despedí a los obreros y, al tercer día, nos instalamos. Noté que en los dinteles de las puertas externas habían colocado unas cruces de fresno, unas herraduras y una rama de laurel, pero lo atribuí a alguna costumbre local por la Pascua.

El Viernes Santo amaneció ventoso y con una persistente llovizna. A la siesta se desató una tormenta terrible que hacía crujir toda la casa. En medio del vendaval, vimos a través de la ventana a un animal inverosímil, que andaba por el medio de la cancha de fútbol. Mientras tomaba un baño, una procesión de hormigas empezó a salir de atrás de una de las llaves de la ducha. Por más que les echaba agua, al instante, se multiplicaban como si fueran un surtidor. Mi hija se puso a chillar asustada por el aletear de una mariposa negra. Para la noche, el diluvio no tenía fin. En lugar de registrar esa multiplicación de advertencias, traté de distraer el malestar reinante, desafiando a mis hijos a prender la chimenea. La legítima su sumó y acercó una picadita para sentarnos alrededor del fuego. Una cosa trajo a la otra y, sin darnos cuenta, nos encontramos contando historias de aparecidos, iluminados por una linterna. Reticentes al principio, pronto se dieron a superar el relato previo. Me hizo gracia comprobar que subsistía el mismo catálogo de mi infancia. Allí estaban los frustrados novios de una noche, las diversas *damas* fantasmas, los choferes de espectros despistados, las almas de errar forzoso. Buscando llevar novedad al asunto, desafié con que seguramente no conocían la leyenda de un muchachito que, aquí mismo, en Valle Hermoso, fue mordido por una víbora mientras jugaba con el perro en su fiesta de cumpleaños. Como el veneno, enfaticé con voz de alarma, no alcanzó para matarlo, pero sí para confundir a padres y médicos, lo enterraron vivo. Desde entonces era un alma en pena.

Mi hijo menor me interrumpió y, con suficiencia, afirmó que ésa ya la sabía. Siguiéndole la corriente, fingí interesarme. Algo anómalo empezó a suceder cuando dijo que tenía un nuevo amiguito, quien no sólo le había contado la historia sino que, además, lo había llevado al cementerio para mostrarle dónde estaba enterrado el desdichado. Evité reprenderlo y, con recelo, atiné a pedirle algunas señas de la tumba. No hizo falta mucho detalle para entender que era la del querubín yaciente. El espanto empezó a inundarme la garganta. Orgulloso de la novedad, mi pobre hijito abundó en comentarios sobre su compañero de juegos que, previsiblemente, era pelirrojo, como todos los varones de nuestra familia. Asaltado por una fiebre, empecé a alucinar mientras lo oía protestar contra la tormenta que desbarataba los planes de ir a jugar a las escondidas en el cementerio.

Pero el barco de mi angustia recién soltaba amarras. Mi hijo había adquirido una voz espantosamente cavernosa mientras me anunciaba que el niño le había dado dos encargos para mí. El primero, recordarme que me llamaba Bernardo Juan Francisco. El segundo, hacerme un obsequio para que pudiera conciliar el sueño hasta que lograra cruzar el umbral. No puedo precisar cómo una pelotita de goma apareció de repente en mi mano.

Esa misma noche, desafiando las furias de la naturaleza, cargué a toda la familia y regresamos a Santa Fe. No me importaron las amenazas de divorcio ni las exhortaciones a obtener pronta asistencia mental, mucho menos las admoniciones sobre las consecuencias de hacer faltar a los chicos al colegio. Igual los despaché al Uruguay, a casa de unos primos. En la soledad de mi existencia, estuve tentado de creer que una de mis pesadillas se había aventurado más allá de los límites oníricos, borroneando los límites con lo porvenir. Pero había llegado la hora del final. Debía cerrar el círculo. Era tiempo de sufragar la profanación. Cerré la mano y me aferré a la pelotita, pasaporte que en su hora me había negado hasta la piedad de la muerte, y volví el rostro para no ver cuando los colmillos bestiales desaparecían en la carne de mi brazo. Una punzante parálisis se apodera de todo mi cuerpo. Con el último espasmo, completo estas líneas.

Sospechas baldías

El instante es el equívoco en que el tiempo y la eternidad se tocan.

Søren Kierkegaard, *El Concepto de la Angustia*

S úbitamente reparo en las baldosas de mi baño. Siempre han estado ahí, existen desde que construimos la casa. O aun antes, desde que fuimos a elegirlas en el corralón; o aun antes, desde que su fabricante las puso en las cajas; o aun antes, cuando eran arcilla fresca; o aun antes, cuando alguien las imaginó en su tablero de diseño. Siempre han estado ahí y recién ahora vengo a notar su presencia, baldosas de mi baño, con su simétrica composición de ajedrez monocromo.

Una a una, me detengo a recorrer sus aristas, sus ángulos rectos, sus conjunciones, el intervalo periódico de verticales, el armonioso ritmo de las horizontales, la multiplicación, el orden. A medida que libero mis sentidos, como un Champollion enajenado, empiezo a descubrir los matices, las discordancias, la incisiva singularidad de cada una. Con fatal clarividencia, descubro que, por una razón que nos elude, tendemos a obliterar la minuciosa enumeración de pormenores hasta negar la individualidad misma. De alguna manera, preferimos conducirnos como si efectivamente se tratara de un conjunto de objetos idénticos que resultan intercambiables en cuanto expresión del cuadrado arquetípico.

Y ésa es, en definitiva, la imagen que perdura: baldosas que conforman un todo inseparable, indistinguible, que es el piso, que es el baño, que es la casa donde vivo. Sospecho que así debe percibirnos la divinidad.

El signo

ł

Signun est enin res, praeter speciem quam ingerit sensibus, aliud
aliquid ex se faciens in cogitationen venire.

San Agustín, *De Doctrina Christiana*, II, 1.1.

Me acuerdo muy bien de la primera vez. El horror tiende a ser indeleble. Concluía mi visita a una oftalmóloga que, en no más de cinco minutos, me diagnosticó una conjuntivitis virósica y me despachó para seguir con un consultorio abarrotado. Con unas gotitas en la mano, salí un poco aturdido. Un mínimo gesto de compasión hubiera contribuido con el proceso curativo tanto más que la química recetada y la admonición sobre peligrosos efectos colaterales. Mientras me colocaba las gotas en el baño, no pude evitar preguntarme si era necesario afrontar semejante azar. Ensimismado en tales pensamientos, salí del hospital. Y en aquel momento sucedió.

A media cuadra, un hombre mayor, muy bien vestido, levantó el brazo derecho a la altura de sus hombros, la mano quebrada en forma perpendicular al piso. Como estaba junto a una parada de colectivos, pensé que se trataba simplemente de un extraño modo de hacerle

119

señas a un coche. Sin embargo, había algo anómalo en el gesto, porque el brazo me apuntaba, siguiendo mi andar conforme avanzaba por la vereda. El brazo recto al frente recordaba el saludo de las legiones romanas, pero semejaba más a un pintor tomando perspectiva, con los cuatro dedos juntos y el pulgar flexionado por detrás. Su mirada me buscó todo el tiempo, con una mueca que parecía una sonrisa. Como no le respondí o no hice aquello que esperaba, bajó el brazo con incomodidad. Tuve una fugaz sensación interna, una especie de intuición, como de compuertas girando morosamente sobre sus goznes, pero pronto me olvidé del asunto.

También recuerdo perfectamente la segunda vez. Nada conmueve más que la reiteración del espanto.

Fue en las inmediaciones de mi despacho. Tratando de sortear la marejada de coches poco respetuosos del peatón, aguardaba impaciente en la esquina. De repente, desde dentro de un taxi, un pasajero ejecutó el gesto, con el brazo extendido al frente, los dedos pegados verticalmente. Otra vez me descubrí recibiendo esa suerte de honra. Pese a que el auto arrancó, el desconocido siguió girando hacia mí apuntándome con la mano, al tiempo que se sumergía en el atolondramiento del tránsito. La mirada, una vez más, me pareció como de afirmación, de circunspecta unción. De nuevo me tomó por asalto una alucinación fugitiva, como un río de montaña saltando entre las piedras. Con premura deseché tales extravagancias y crucé la calle. No podía ser otra cosa que una mera coincidencia. De seguro, el sujeto se estaba protegiendo del sol del mediodía. Con algún esfuerzo, logré arrinconar el tema en el olvido. Sin embargo, la tercera epifanía fue la que precipitó mi derrumbe.

Me encontraba paseando por el Parque Sur cuando me tropecé con mi amiga Eleonora. En tanto me imponía las irrefutables virtudes de su *chow-chow*, no reparé en un infante que, con uniforme escolar y mochila rodante, se acercaba circunvalando un parterre. Un poco antes de llegar hasta mí, extendió su bracito de la manera tan temida y siguió así hasta que se perdió de vista. La mujer que lo custodiaba, si bien no secundó el saludo, me dedicó una mirada de intenso escrutinio, tratando de dilucidar si era una falsificación. El sonriente asentimiento, que me dedicaron al unísono, me paralizó. Esta vez, la alucinación cobró el esbozo de una higuera florecida.

Alegando urgencias impostergables, me deshice de mi amiga y su mascota de cualidades superlativas y salí como un rayo para mi casa. Sentí la imperativa necesidad de esconderme. Exhausto y temblando, me zambullí con alivio. No dejé cerrojo sin pasar, aun los que nunca uso. En el espejo del *dressoire* me miré con recelo, esperando encontrar una justificación. Salvo alguna cana ignota, no pude advertir ningún elemento inusitado. Traté de calmarme, pero la inquietud se parecía demasiado al miedo. Además, no podía sacarme de la cabeza esa impresión de estar frente a un saludo iniciático. A esa altura, las visiones se me desmadraban, edificando a mi derredor imágenes de paredes ancestrales, patios de loza pulida, valles perlados de nieve, deslizar de sedas, silencios siniestros. Mientras más las evitaba, más me hundía en abismos de inexplicable terror. Con desesperación, bajé las persianas y desconecté el teléfono. Después lo volví a conectar. Temí no tenerlo disponible por si me terminaba de desquiciar. Igual, una dosis de somníferos me deslizó en el sueño pacificador. Si algo había de suceder, prefería que me sorprendiera durmiendo.

Afortunadamente, con el correr de los días esa opresión de sentirme viviendo una existencia de expatriada impostura se vio atenuada y pude dedicarme a un encargo sobre Edgar Allan Poe. La editorial Montresor me había pedido una traducción para una edición homenaje. Traducir es otra forma de escritura que me hace feliz, pero si perfeccionar a Poe era prácticamente imposible, mejorar las traducciones de Cortázar es definitivamente inútil. Pese a todo, pasé a buscar el texto. Me habían reservado «Revelación mesmérica». De regreso, me pareció ver un lejano saludo, pero no quise perder el buen humor y me juré que era un encargado de edificio puliendo unos bronces. Sin embargo, se me presentó una renacida añoranza de telas multicolores y sonidos incognoscibles. Lamenté haber abandonado mi hogar.

Para atemperar la congoja, me dediqué por completo a la traducción. A fin de familiarizarme con el texto, caminaba por el *family* recitándole a Cristina, la señora que trabaja en casa, los diálogos entre el magnetizado *in articulo mortis* y un enigmático señor P. Para hacerlo más verosímil, afectaba mi mejor acento bostoniano. A medida que me adentraba en la lectura del trance hipnótico, una pesadumbre cercana a la muerte se fue apoderando de mi ánimo. Tuve que repetir varias veces una de las respuestas del señor Vankirk, porque un creciente tartamudeo desfiguró mi voz al punto de no reconocerme. Con mucho esfuerzo, completé el párrafo: «La mente, en su existencia incorpórea, es simplemente Dios. Para crear seres individuales, pensantes, era necesario encarnar porciones del espíritu divino. Por eso el hombre está individualizado. Despojado de la vestidura corporal sería Dios». Me sentí juguete de una fuerza irresistible que se empeñaba en señalarme una traza, un derrotero. En un acceso de furia, me arrojé a la calle. Caminé enajenado un largo rato y, casi sin darme cuenta, me hallé sentado en uno de los bancos del Parque, con los pies sobre el asiento y abrazándome las rodillas.

Al rato apareció Eleonora con su infame *chow-chow* a la rastra. En otro momento, hubiera maldecido a las deidades que rigen las coincidencias, pero recibí con agradecimiento a mi amiga. Traté de disimular el desasosiego. Igual no hizo falta. No paraba de alabar el nuevo objeto de su obsesión, una especie de santón, o algo así, que obraba maravillas en la vida de sus acólitos, ella, no creo que haga falta anotarlo, la primera y más piadosa. Tuve que digerir una andanada sobre la indisputable autenticidad de esa rama del budismo tibetano y la oferta de participar en una reunión para nuevos fieles. Aprovechándose de mi estado, a la media hora me tenía despatarrado sobre unas esterillas, sahumado hasta la náusea y rogando que no durara demasiado. Con todo, me sentía a salvo.

Los monjes, envueltos en unas togas rojas y mantos azafrán, hicieron su ingreso batiendo campanitas, platillos y raros instrumentos de percusión. Dieron un par de vueltas procesionales por el recinto, salmodiando guturalmente alguna clase de rezo y se dispusieron en torno a quien presidía la celebración. Acalladas las invocaciones propiciatorias, con austera unción y sin abrir los ojos, el abad empezó a describir algunas de sus creencias y prácticas. Un monje sentado a su vera nos iba traduciendo. Así, se nos explicaron ciertos aspectos fundamentales de su doctrina, en particular sobre el karma, cuyos efectos son experimentados en la presente vida o en las siguientes. En respuesta a las dudas de un prosélito, esbozó unos rudimentos sobre *el despertar*, aprendizaje progresivo que engendra un estado de iluminación más allá del entendimiento intelectual. Este conocimiento de la realidad última permite abolir la continuidad de los individuos. Por eso creen con fe devota que, quienes alcanzan tales estados de paz, amor y sabiduría, son iluminados semejantes a Buda, que ya no deben enfrentar sucesivos renacimientos.

Entonces la cadena de portentos alcanzó su esplendor y, por un instante, fue como si no me hiciera falta la interpretación, porque entendí perfectamente que el abad decía que el próximo iluminado ya estaba entre nosotros. Contrariamente a otras capillas del budismo, donde el lama anterior reencarna en un niño a quien un comité de búsqueda pone a prueba reconociendo objetos del anterior huésped, aclaró que creen con ardor extático que el advenimiento ha de acontecer en la edad adulta, cuando el elegido haya completado su proceso interno de desprendimiento espiritual. Y aclaró que el renacimiento del próximo maestro no necesariamente habría de ocurrir en el Oriente, sino que se revelaría por sí a la humanidad, quien le tributaría reconocimiento mediante un signo amplificador, un signo destinado a acelerar el proceso de autoconciencia. En los primeros tiempos, pocos podrán identificar al iluminado, pero en la medida que su espíritu comience a desencarnarse, su energía trascendente se hará más evidente para todos.

Un atronador estallido de cánticos y golpeteos celebró este último aserto. Todo mi cuerpo empezó a resonar con un eco de cadencia familiar. Aunque no lograba focalizar la vertiginosa marea de rostros que giraba a mi alrededor, alcancé a percibir que el abad abría los ojos y levantaba el brazo, los dedos cerrados y el pulgar detrás. Y sonriendo por primera vez, me apuntó. Poco a poco, todos los monjes dejaron sus instrumentos y replicaron el signo. Los asistentes, se sumaron con beatitud. Hasta mi amiga Eleonora me dedicó una mirada de complicidad mientras levantaba el brazo, saludándome. Un silencio tremebundo precedió a una explosión de piedad. Me abrí paso como pude entre una multitud enardecida por la pasión contemplativa. Temo que en un idioma desconocido grité que yo quería ser simplemente el fruto de una conjunción mecanicista; a lo más, un rebozado de ánimas y légamo. Nadie me prestó atención. Me arrancaron la ropa, me impusieron las vestimentas preceptivas y me entronizaron en medio de una distorsionada pagoda. Luego se multiplicaron los gestos de reverente acatamiento.

Con el último vórtice de júbilo colectivo, la razón volvió a fallarme, porque un hombre mayor, muy bien vestido, que estaba junto a una parada de colectivos, levantó el brazo derecho a la altura de sus hombros, la mano perpendicular al piso. Aunque todavía estaba bajo los efectos de las gotitas, pensé que se trataba de alguna forma extraña de parar el microbús, cuya proximidad podía presentir a mi espalda. Seguí caminando y pronto me olvidé de todo el asunto.

Mondo cane

Te prevengo que aquí el hielo es cosa de sacrílegos.

J. D. Bollinger, *Pasaje a Rheims*

A la hora de elegir un nombre, le resultó natural proseguir como Ochocientos Dos, versión corta de 802.701, número de orden que llevaba tatuado en el antebrazo con el preceptivo código de barras. Así la habían llamado durante los siete ciclos lectivos que insume la Reeducación. Al profesor W. R. Hess XIII le pareció algo anómalo, pero a los treinta y tres años ya estaba demasiado viejo como para discutir con oleadas de jóvenes deseosas de labrarse una carrera en la Corporación Orwell, de modo que tecleó la identificación y el destino. Con la prerrogativa de haber merecido nada menos que tres aretes en la oreja derecha, Ochocientos podría haber ingresado en cualquier lado, pero solicitó que la asignaran al Cubo Errante. Allí se controlaba el tráfico de la red neuronal de implantes Griffin.

Originalmente, los implantes eran un simple dispositivo con fines terapéuticos. Luego se le fueron adicionando programas recreativos y en poco tiempo, hasta el más mínimo detalle en la vida de una persona pudo ser compilado y reproducido en el hipotálamo de otra. La propiedad de un Griffin se tornó símbolo de clase. No pocos impostaban gestos de coribante para fingir posesión. Los descastados no tardaron en hacer oír su reclamo igualador. Se llegó a la sedición y no faltaron los baños de sangre. Como medida pacificadora, se decidió por votación unánime que todo ciudadano tenía el derecho inalienable de ser implantado. La complejidad de la interconexión hizo necesario reclutar generación tras generación de programadores. El poder de la Corporación se volvió infinito y pronto el límite de lo real y lo ilusorio fue inescindible. Lógicamente, se abolió toda distinción entre el azar y la causalidad. En lo sucesivo, lo abominable y lo prodigioso se atribuyó a la sigilosa voluntad de la Corporación.

La Secta de los Filósofos a duras penas pudo resistir en el exilio. Poco a poco, los que no murieron enloquecidos en las mazmorras de la Corporación prefirieron desertar. Sólo un puñado se mantuvo fiel a la restaurada Orden del Símbolo. El restaurador de esa doctrina se llamaba Ts'ui Pên. Predicaba el regreso al vértigo del libre albedrío. Años llevó preparar a quien habría de infiltrar la red y destruir a la Corporación Orwell.

Ochocientos Dos se apartó el flequillo de los ojos y acarició con placer su terminal lumínica. Introdujo la clave y comenzó a trabajar. Aunque no lo supiera, era hija de Ts'ui Pên.

Una estadía en el Hotel Salpêtrière

Había algo que vi y que me disgustó, pero ya no sé si miraba el mar o la piedrecilla.

Jean-Paul Sartre, *La Náusea*

No sé qué falta de tino me llevó a hospedarme en el Salpêtrière. No es que el servicio sea malo, hay que reconocer que es de una eficiente asepsia. Tampoco puedo culpar al personal, que es correcto y por demás amable, pero supongo que algo anómalo, algo fuera de lugar, por momentos me crispa los nervios. Quizá haya sido el fastidioso rellenar de formularios en una conserjería, bastante estrecha y definitivamente estancada en una estética que atrasa, al menos, un cuarto de siglo. Encima, los teléfonos no dejaban de sonar. El lugar estaba atestado. Con los tiempos que corren, no me asombra. Los rigores de la vida moderna ambicionan un asueto de la propia existencia y según dicen, esto es de lo mejorcito en plaza. Tengo entendido que reciben pasajeros de las más diversas latitudes, atraídos por las promesas de descanso y recuperación. Aunque enfaticé que no

pensaba allegarme hasta la piscina y demás facilida-
des gimnásticas, no pude eludir la extensa revista
médica a la que me sometieron ni bien admitido. ¡Qué
gente tan considerada! Además, me ofrecieron todo
género de *hors d'œuvre* que al instante calmaron mi
ansiedad y me dejaron bien dispuesto para recibir las
curas que le han valido su fama. Yo no sé por qué
postergué tanto este momento.

Pronto fui conducido a mis habitaciones. Otra vez esa
sensación. Seguramente me chocó un poco el estilo
despojado. Sin duda, el decorador adscribirá a algún
minimalismo de vanguardia, yo que toda la vida fui
barroco hasta la desmesura. No es que me desentienda
del valor de la publicidad, pero me disgusta ese evidente esfuerzo por merecer la portada de revistas de
diseño bajo zalemas del tipo: «ambiente neto, donde
una solitaria cama de hierro antiguo se recorta en paredes blanquísimas, recubiertas con mayólicas de de-
molición». Me tengo que acostumbrar, es lo que hay.
Previsiblemente, la cama crujió un poco al acostarme
y aunque unos trasnochados andaban por los pasillos a
las carcajadas, con algún vértigo me fui deslizando en
la inconsciencia. Así empezó mi estadía en el Grand
Hotel Salpêtrière.

Ya he dicho que el trato es de una singular amabili-
dad, por momentos hasta excesivamente condescen-
diente. A veces, raya directamente con la impertinen-
cia, pero a esta altura, poco he podido hacer con
ciertas obcecaciones, como la que exhibe la mucama
que se empeña en cortarme las uñas. Vanas fueron las
apelaciones al decoro, la sensatez o el libre albedrío,
ni las uñas de los pies se salvan. Y así con todo. Otra
de las curiosidades reside en la repetición a perfectos

intervalos del menú. Luego de una temporada aquí, creo que con sólo olfatear cerca de la cocina, se puede predecir el día de la semana. Por ejemplo, sé que es noche de jueves porque huelo a pizza. A mí el día que más me gusta es el viernes, que sirven helados. Pero esa sincronización monástica no es nada, comparada con la exasperante tenacidad a la hora de ofrecer los tentempiés que marcan el curso de las horas. No importa en qué remoto paraje del complejo uno se encuentre, un camarero de blanco se hace presente con las diminutas viandas y los imperativos refrescos y no se marcha hasta que uno se lo haya tomado todo.

No es que añore la vorágine del tránsito, los vencimientos, los jefes irresolutos pero enquistados, las esposas, las amantes arrumbadas, los hijos y los políticos enardecidos, pero la indolente molicie que reina en la mayoría de los días hace que, en ocasiones, el vacío temporal sea difícil de llenar. Cuando me descubro ganado por la inquietud, prefiero perderme por el enorme jardín de añejas especies. Alguna vez llegué hasta las alambradas del fondo. Cada tanto suele acompañarme uno de los gatos que habitan el parque. En otoño, los colores de los árboles me emocionan hasta el llanto (no sé por qué, pero se me ha dado por llorar seguido). Caminar por la alfombra de hojas estridentes invita al ensueño. A mí me gusta sentarme bajo una palmera. La que planté en mi casa debe estar así de alta, o más. Hay veces que la recuerdo. Otras, envidio la irresponsable libertad de los gorriones, insensibles a la idea de una existencia ruinosa. Por fortuna no son muchas, mayormente estoy de buen ánimo, feliz de haber alcanzado este estado de saludable sosiego.

Quizá no debiera anotarlo, pero algunos de los compañeros exhiben, por así decirlo, excentricidades impropias de un caballero. Muchos, no se me escapa, practican con igual intensidad la continencia. La mayoría se reparte aquí y allá, sin otra preocupación que prorrogar el reposo. Los más se arrumban frente al televisor. Todos se ajustan a la rutina que impone este encorsetado universo. Aunque no soy muy dado a mezclarme, mis intentos por confraternizar han sido coronados por un estridente fracaso. Pretendí batirme al ajedrez con un taciturno profesor de pelo cano, rigurosamente peinado hacia atrás, como si fuera Beethoven; pero presiento que ni siquiera reparó que tomé asiento frente a él. En una etapa asistí a las improvisadas reuniones de fe de una suerte de predicador que teníamos. Siempre me fascinaron los juegos de palabras y este hombre realmente era extraordinario con los malabares dialécticos que inventaba en torno al Juicio Final. La reiterada referencia a cataclismos venideros me fue apartando del redil. La virulencia de su arenga sobre los últimos días se tornó inaguantable la tarde que nevó. Admito que no tiene nada de extraño ver nevar en invierno, salvo en Buenos Aires, cuyo registro anterior se remota a unos cien años atrás. Cuando entrevimos un par de trombas marinas sobre el Río de la Plata, el pastor se terminó de alterar y, poco después, se ausentó definitivamente, como otros muchos colegas.

Otro de los viandantes es un muchacho, prematuramente calvo, que exhibe poco cuidado con su aliño indumentario. Todo el día en pijamas y una cochambrosa *robe de chambre* que deja flamear a guisa de capa. Se declara poeta y anda borroneando palabras. Las pocas veces que me dejó examinar sus, digamos, creaciones, quedé pasmado por un plurilingüe catálogo de la más feroz escatología. Sin embargo, no era el único que presumía de escritor. Había un tal José Tuntar, quizás uno de los pocos nombres que aprendí. Se quejaba constantemente. Un día era que le habían robado toda su obra, que por supuesto, consideraba insustituible; al siguiente, que el objeto del despojo era una pelirroja, sueca o danesa según parece, que nunca había llegado a ser su novia, porque se la había birlado el mismo ladrón literario.

No se requieren conocimientos de experto para advertir que a esta gente le hace falta una muy larga temporada de descanso. Deben ser ellos los que gritan por las noches o los que meten miedo con sus repentinas risotadas. Hay veces que los odio. Anoche estuvieron peor que nunca, andaban como desatados. Me pareció que hizo falta un esfuerzo mayor para llamarlos al orden. Se conducen así a propósito. Con lo que necesitaba dormir. Justo esta mañana me toca mi primera sesión de terapia. Cada vez que titilan las lámparas y se sacuden las paredes, mi turno está más cerca. He aguardado ese momento con pavor, pero también con ilusión. Por fin el alivio de todas mis tribulaciones. Sé que encontraré finalmente la paz.

Con espanto, traté de discernir dónde estaba y me topé con mi ignorancia. Quise reconocer en el espejo al hombre a quien le afeitaban la cabeza y fracasé. Me fue ganando un progresivo horror. Una aguja me atravesaba el brazo. Una canilla mal cerrada goteaba con pena. Esto no es una pesadilla, es la inconcebible vigilia. Esto no es un hotel, esto es el infierno. ¡No dejen que me hagan eso!

Salmo penitencial

Hay que tenerla en la mano derecha y pedir los deseos en voz alta.
Pero le prevengo que debe temer las consecuencias.

W. W. Jacobs, *La pata de mono*

Hay un hecho que me desencaja: esa vocación femenina por preguntar todo. Desde la penosa auscultación de futuros posibles, pasando por la no menos improductiva indagación del pasado, nada queda exento a la feroz inquisición. Y no vaya uno a cometer el desliz de responder otra cosa que no sea lo esperado, que se ofenden con gran afectación y se les da por cometer toda clase de crueldades para fastidiar al muy canalla que no sabe mentir *comme il faut*. Al momento en que empiezan a abundar en las preguntas, es hora de huir. Así estaba yo otra vez planeando cómo deshacerme de una panameña en forma cortes, cuando disparó con su acento cantarín:

—¡Tú sí que eres loco! —Me sorprendió de repente, apoyada en mi pecho—. Mira que hacerte un tatuaje así.

Siempre he deseado grabarme una divinidad azteca en el hombro, sin embargo nunca me había permitido un *tattoo* ni cosa parecida, de modo que seguí la dirección de su mirada para constatar que en la mano que ondulaba sobre sus senos había unas marquitas muy raras. Retiré el brazo de la prisión de su nuca y, acercando la lámpara, me senté en la cama para un examen más diligente. En efecto, entre la prolongación imaginaria del dedo índice y el pulgar, se apreciaba con nitidez una especie de tatuaje. Eran tres pequeños triángulos equiláteros que a su vez estaban alineados perfectamente formando los extremos de una pirámide. Desde donde se la mirara, era imposible no inferir la presencia demarcada por los diminutos diseños de color rojo.

Pero por más fantasía de tatuarme a los feroces dioses que habían retornado a las estrellas, me puse a bucear en mis últimas borracheras y constaté, aliviado, que ninguna había sido tan extrema como para propiciar semejante trepanación en la carne. Me consolé especulando con que quizá habían sido los mosquitos, el domingo a la orilla del río. Con premura, advertí que, por más que el calentamiento global los tiene prósperamente activos, los insectos deberían ser del tamaño de un caza de combate para dejar tan feroz mordida. La anarquía de mis ideas iba creciendo y, pese al empeño de la revisión, no acertaba en tropezar ni por error con un animal cuyas mandíbulas consintieran esa precisa incisión.

Tratando de tranquilizarme, pensé en que no había criatura en este mundo que fuera capaz de infringir ese monumento de sangre. Recobré la serenidad aseverando que no hay sobre la faz de la tierra hombre ni bestia que pueda estampar ese símbolo de la abominación. Pero la sensación de resguardo fue ínfima. Todo me empezó a dar vueltas, en una entrechocada visión de paredes que se tuercen desafiando la idea de gravedad, sombras ruinosas, inclinaciones sibilinas, murmullos agoreros, un retemblor como de motores. No sé si vi o imaginé que algo o alguien se quitaba una especie de escafandra. Creo que volví a soñar con mis dioses de dientes limados y ojos desmesuradamente glaucos. Con brusquedad, me arrebató la sospecha de haber padecido un dolor punzante en la ingle, un ardor cáustico por todo el cuerpo. Volví a sentir el aliento como a pastillas de mentol rancio. Y entonces recordé.

El albacea burlado

Si esto les sorprende, diré gustoso que la diferencia y la semejanza son puntos de vista. No sabemos distinguir a un chino de otro chino, pero los pastores reconocen a sus ovejas por marcas que para nosotros son invisibles.

Marcel Schwob, *La diferencia y la semejanza*

Mi relación con don Calleja se inició aun antes de mi nacimiento y siguió más allá de su muerte. Toribio Calleja era uno de los amigos de mi abuelo que había colaborado en convertir un barril de roble en la cuna donde pasé mis primeros meses. Ingresaron a trabajar en la bodega, todavía *muchachos de pantalón corto*. Cuando se jubilaron ambos, cada tanto solía venir a la casa de la calle Chacabuco y, mientras mi abuela iba y venía con el mate, se sentaban a charlar en el patio de la parra. Algunas veces me dejaban participar, pero en general eran conversaciones que convenientemente se vedaban a los niños. Tengo para mí que compartían el mismo apasionamiento por la intromisión del Estado en la vida de los particulares y que se pasaban horas elucubrando planes sanitarios, purificando el ejercicio de la judicatura y rearmando requerimientos curriculares para la educación oficial. Siempre iba de traje negro y camisa blanca, pero sin corbata. No recuerdo que usara sombrero. Fallecido mi abuelo, se espaciaron las visitas, pero cada invierno enviaba sin falta una botella de *grappa* italiana, regalo que mi abuela siempre recibía con alguna apostilla sobre la desmedida avaricia del viejo. Nosotros no podíamos entender el encono y, como suele suceder, los chicos se hacen grandes y esas cosas se van perdiendo. Recién volví a ver a don Calleja en el velatorio de la Lela. Luego de las palabras de rigor, se interesó por mi carrera, al haberse enterado de mi próxima graduación. Alegó necesitar un abogado de mi calidad para que le ordenara los papeles. Con promesas de reunirnos ni bien me recibiera, nos separamos pero, como llegado el momento no acerté a localizarlo, un nuevo bache se produjo en el vínculo, hasta que reapareció en la presentación de mi primer libro. Nunca supe que tuviera inquietudes literarias y, mucho menos, que pudiera estar anoticiado de la estrafalaria velada que habíamos organizado.

En un momento, logró separarme del pelotón de amigos y, dando por hecho que alguna vez había aceptado ser su letrado, luego de significar la calidad de mi asistencia, con palabra grave empezó a enumerar algunas disposiciones para después de su muerte. Vanos fueron mis esfuerzos por aclararle que no era el lugar ni el momento, el hombre tenía la urgencia de quien presiente el desenlace.

—Ahora que te hiciste un escritor reconocido —no supe si era un halago o un sarcasmo—, pienso pagar tus servicios profesionales legándote esto.

Y desenvolvió un atadito de diarios amarillentos. Al principio me pareció un amasijo de papeles, pero después comprobé que se trataba de un cuaderno San Martín, repleto de notas manuscritas. Poco me dejó husmear, pero pude entrever unas hojas cuadriculadas con nombres, palabras, oraciones, ideas que, aunque levemente alteradas, yo podía reconocer. Fue como caer en trance y una febril avidez se apoderó de mi espíritu. Ya no me importaba mi libro, mucho menos la incipiente carrera de escritor. Estaba resuelto. No iba a medir esfuerzos por hacerme de ese cuaderno.

Un ignominioso cáncer lo consumió en semanas, de modo que apenas tuvimos tiempo para elevar a escritura pública su última voluntad. Alguno podrá acusarme de codicia, pero diré en mi defensa que fue más bien un acto de veneración. Por eso acepté el cargo de albacea testamentario de don Calleja, cuya muerte reveló la existencia de una insospechada fortuna, que penosamente hubo que dirimir entre unos sobrinos y los abúlicos representantes de la Enseñanza Pública. Mi abuela tenía razón. Encontramos billetes escondidos hasta en los zócalos.

No es del caso relatar aquí las penurias que hube de experimentar para completar tan farragoso sucesorio. Cada vez que estaba a punto de renunciar, me refugiaba en la última manda, la que, por todo pago, me legaba el cuaderno, sujeto a la condición de ser entregado una vez que se hubiera tasado, valuado y discernido el acervo hereditario en favor de la formación pública. Me llevó cinco trabajosos años desbrozar el cruzamiento de derechos y reclamos, pero al fin todo estuvo inscripto. Finiquitado el proceso, podía tomar posesión del cuaderno legado.

Con piedad infinita, me dispuse a disfrutar mi posesión. Durante noches enteras me pasé interrogando página tras página. Allí estaban los nombres de Stevenson y Kipling, Chesterton y De Quincey; Macedonio y Cervantes; Spinoza y Schopenhauer. Redactados con caligrafía de insecto, había argumentos policiales, frases escritas de hasta tres formas distintas (todas de irrefutable belleza); anotaciones laterales, tachaduras de párrafos enteros, menciones autobiográficas, poemas cuya estructura difiere de aquella que perdura en los libros y un relato inédito. Mientras espero la certificación de los expertos, no puedo evitar el apremio de exhibir este último hallazgo. El cuento se llama «Una versión conjetural» y está hacia el final del cuaderno, escrito con tinta roja. Expurgado de borrones y sinuosidades lo copio a continuación.

Todo cuanto he de relatar no es más que una impostura: no me pertenece la fábula, adquirida en una noche de insomnio y copas, ni me pertenece el estilo en que he de verterla, diluido remedo de aquel que alguna vez alumbrara estas latitudes. La eternidad es una esfera cuyo centro está en todas partes y su circunferencia, en ninguna. Lo que ahora gira en un sentido, mañana lo hará en sentido contrario, porque todo lo que es, no es. Y todo lo que no es, puede ser (la vastedad secular de esta afirmación, que hospeda tanto a Platón como a Pascal, se ha ejercitado de una manera simple para que el probable lector descubra el laberinto. Mi única pretensión siempre ha sido distraer, o aun conmover, pero no persuadir como alguna vez se me atribuyera con no poca malicia).

Según el profesor Carlos Anthony Chaparro, la configuración original de esta leyenda se hallaba en el desaparecido onceno tomo de la laboriosa *Ab Urbe condita libri* de Tito Livio, que la hueste mongol incineró sacrificialmente a su panteón de dioses abominables. Como me ha sido imposible confirmar su existencia debo atribuirle fe a esta versión tal como la escuché en un almacén de Palermo, muy cerca de donde el cielo delata a la pampa. El autor de la revelación fue un hombre muy viejo, que parecía estar más allá del tiempo. La lengua que hablaba resultaba una extraña mezcla de castellano con un idioma desconocido. Sin embargo, y pese a lo dificultoso del relato, supo hacerse escuchar en la forma que los ancianos hilan noche tras noche el fino encaje de la memoria. Tal como la he recibido la transmito, observando que el terror y la esperanza han dejado su inevitable impronta.

Hacia el final del primer milenio, Zénitram, el Tenebroso[1], usurpador del trono del principado moldavo город без времени, promulgó un bando que ordenaba incautar todos los espejos de la comarca. En la ciudad sin tiempo, que así se llamaba, habían logrado un exquisito dominio del vidrio y del cristal de piedra con amalgama de plomo o estaño, mucho antes que en el resto de Europa, donde aún utilizaban el metal bruñido.

Señor de vida y muerte, abominaba tal creación humana porque le atribuía guardar un reino que

---

[1] También en algunos textos "Zénitram, The Darkness of God".

le negaba toda potestad. Así, intuía que en el mundo de las imágenes invertidas, los que mandó empalar lo acechaban inmortales. O que aquellos cuya vida cegó en aceite hirviente, lo burlaban desde la eterna juventud de unos rostros retratados con perennidad. Fue cuando Zénitram alumbró el sueño que todo numen guarda, como oblación al Secreto cuya revelación siempre nos estará vedada.

Requisados los mudos testigos de su iniquidad, se dedicó a aniquilarlos uno por uno, con el interior regocijo que sostiene a los predestinados. Trescientos diecinueve días con sus noches le llevó acabar con su delirante cometido. Más bien diremos que fue el tiempo que le llevó terminar de enloquecer, pues mientras más se afanaba en su delirio, más reproducía hasta el infinito las memorias reservadas en los arcanos del tiempo. En el colmo del oprobio, arrojó a una umbrosa cámara los retazos de su angustia y ordenó construir un espejo gigantesco al que habría de dictarle su historia (la única que habría de perdurar). Pero aunque en el país existían exquisitos orfebres, aún se desconocía el arte que permitiera erigir portento de tamaño semejante. Y como la paciencia no era una virtud del príncipe, decidieron confeccionarlo en hielo. Abstraído en su visión, poco reparó en la precariedad del material y lo mandó instalar frente a su trono, para acometer con celo extremo la universal versión que lo tenía por demiurgo. Pero mientras más fatigaba las jornadas urdiendo las andanzas del hombre (lícito me es decir que su relato distaba de las tradiciones acuñadas edad tras edad) el hielo le rendía su burla postrera. Apremiado, urgió su tarea dejando de lado hechos que creyó prescindibles, pero a pesar de la depravada contracción temporal no pudo eludir las leyes de la física y, al cabo, sólo agua quedó de su égida. Afirmó entonces que, si la Historia yacía ahora esparcida a sus pies, quien la bebiera se transformaría en el poseedor del tiempo y lo bebió...

Desconozco si ése fue o no el final. Las copitas de ginebra le trabaron definitivamente la lengua. De mi humilde investigación, surgen estas posibles conclusiones (no sin recordar que la develación del misterio es siempre inferior al misterio). En el tratado *De sortilegis et divinis et invocatoribus demonorum*, el dominico Bernard Gui hace referencia a diversas prácticas mágicas y adivinatorias, entre las que enumera las abominaciones del rito celebrado. El ávido inquisidor anota que, habiéndose refugiado en las estribaciones del Monte [tachado en el original], el príncipe se ganó la confianza de los sátiros que habitaban allí (seres poseídos por la lujuria y proclives a toda clase de excesos), y fundó una hermandad entregada con exclusividad a la cópula, acto que practicaban con diligencia. De esta manera, se aseguraban la multiplicación de acólitos a quienes, mediante unos ungüentos e invocaciones, convertían en nuevos propagadores del único dogma: la Historia según Zénitram. En un pasaje de la *Homilía* de Macario Egipcio, hay un sermón donde se cita un versículo de los *Actus Petrus cum Simone* para rememorar que «El Señor ha dicho en el misterio: Vosotros me veréis como se puede ver a alguien en el agua o en un espejo». Se pretende justificar así que Zenítram, con indudable conocimiento de estos versículos, vagara sin rumbo, predicando desaforado una contaminada mezcla de sus alucinaciones con la novedosa doctrina, hasta encontrar infame final a manos de un centurión ebrio a quien molestaban los alaridos. No puedo otorgar veracidad a dicha versión porque estudios posteriores detectaron interpolaciones y hasta se llegó a afirmar que todo el manuscrito era falsificado.

[Tachado en el original], en el año 1204 de nuestra era, citaba que en las tradiciones verbales de los pueblos nómades de Dealul Bălăneşti, donde el fervor solar nunca otorga la generosidad de la sombra, se cuenta de un Zerel-Atam que, sentado en su trono, relataba a un espejo de hielo los acontecimientos pasados y de los años porvenir según su arbitrio. Acabada su faena, pronunció la cifra que es uno de los nombres del Malvado y toda la verdadera historia desapareció, pues ningún hecho, por insignificante que sea, puede modificarse sin modificar la incesante cadena de consecuencias. A esta altura, me atrevo a esbozar mi propia explicación: creo que el anciano pertenecía a la secta de los *dubitatīvus* (que es el nombre que los romanos [tachado en el original] otorgan a la deidad menor Falsĭtas) y que, simulando algunos hechos, me ha convertido en un nuevo difusor de la Noticia.

Toda posible aseveración pertenece al terreno de la metáfora. Arriesgo aquí algunas. Bien pudo Julio Cesar traspasar al joven Bruto, o tal vez un bardo llamado Ulises ideó la odisea del ciego Homero, o quizá el justo Abel celó tanto a su hermano que aquel día engendró la injusticia, o tal vez, el primordial Adán moldeó a su imagen un ídolo de barro rojo y se postró para adorarlo. El transcurrir del tiempo y el suceder de los hombres iría agregando atributos y nombres, pero su primer nombre fue El–que–Es, por oposición a lo que no es, que como ya se dijo, pudo ser... [Hay una fecha al margen: Buenos Aires, diciembre de 1938].

[La letra cambia notoriamente y, como en toda la última parte del cuaderno, la grafía asume un trazo más redondeado, si se quiere, *femenino*].

P.S.: Hasta aquí he efectuado una transcripción del artículo anterior, tal como se publicara allá por 1938, en el apéndice literario de la revista *Ontos On*, órgano periodístico de la Sociedad de Metafísica Argentina. Nunca creí merecer los premios que se le otorgaron ni el gozoso saludo que las letras nacionales le prodigaran. Y mucho menos erigirme en el ostentoso heredero de aquel a quien pretendía imitar. Ya nada fue mío. Cada historia, cada idea, siempre se la recibía como prolongación del arquetipo usurpado. La gloria y la inmortalidad me resignaron a perder mi identidad. La fatiga y la edad me persuadieron de revelar el secreto. Mi único anhelo era demostrar que su hermético estilo era de fácil reproducción y que su laberíntica obra no se debía a una original genialidad sino a la habilidad para disfrazar los diálogos de la filosofía decimonónica. Abjuro de los obscenos epítetos con que la crítica me alabó. Nunca fui «el druida de la dialéctica»; «el inquisidor de la causalidad»; «el mago de la metafísica»; «el náufrago de la temporalidad» y —Dios me perdone— otros tantos excesos. Abjuro del estilo que me vi forzado a continuar, urgido antes por los dictados del estómago que por mi celo literario. Abjuro, al fin, de todo lo que fue después de aquella primera publicación, en nombre de todo lo que, como soñé, pudo y debió ser. [Hay una fecha al margen: Ginebra, mayo de 1986].

Con espíritu contrito, leo la última parte del dictamen pericial: «Conforme el análisis desarrollado en los capítulos precedentes, se puede concluir sin hesitación alguna que todo el espécimen es falso. Deliberadamente falso. No se han podido colectar elementos de convicción suficiente como para afirmar si es producto de un acto volitivo con intención de daño o si fue el pasatiempo de un embaucador aburrido. No tiene otro valor que el que pueda encontrar un coleccionista de malas falsificaciones, aunque dudamos que exista mercado para ello».

Mi voracidad había recibido su escarmiento. Los peritos que contraté para certificar la autenticidad de mi tesoro fueron los verdugos. Nunca debí olvidar la nota marginal que precedía el comienzo del cuaderno San Martín. Allí, con letra microscópica, podía leerse que, tanto para Heráclito como para Hume, la realidad no es sino un vano juego de apariencias. Es arduo admitir que desde la primera lectura supuse que la confesión de ese horror compartido era una cita notoriamente apócrifa.

Axis mundi

Nada de lo que sucede ahora o sucederá en el futuro puede refutar
la hipótesis de que el mundo comenzó hace cinco minutos atrás.

Bertrand Russell, *El análisis de la mente*

Un sábado tocó ir a la Fiesta Nacional de la Flor. Las obligaciones maritales incluyen acompañar a la legítima a eventos aborrecibles. En medio de una marabunta de turistas y selvas domesticadas, un japonés se empeñaba en vendernos un bonsái, insistiendo con que era un retoño de la higuera Bodhi, árbol sagrado a cuya sombra Buda alcanzó la iluminación, previo repaso de las vidas pretéritas, la muerte y el eterno peregrinar. Elocuente, declaraba que este bonsái era el punto de unión entre el cielo, la tierra y el inframundo y que, por lo tanto, poseía la capacidad de comunicar los diversos planos del universo. El embuste no resistía el menor análisis, pero terminé pagando una pequeña fortuna. Al llegar a casa, ya nos habíamos olvidado de la promesa de viajes en el tiempo y bilocaciones varias y, por no encontrarle destino mejor, lo pusimos en el quincho. Al día siguiente, el aluvión familiar resultó excusa para un asado. No sabía que el ejemplar acechaba con decorativa inocencia y fue imposible predecir la repentina vorágine que me arrojó a un abismo temporal.

Así, mientras encendía el fuego, soñé que ardía el horizonte y, a la vera del Támesis, la Catedral de St. Paul se derretía hasta los cimientos. Pasmado, sacudí la cabeza y recordé un batallón de *SS Totenkopfverbände* que aclamaba el humo homicida de la chimenea. Asediado por el asco, dispuse las piezas de carne sobre la parrilla y una procesión de menesterosos y ciegos, viudas y huérfanos, lloraba el suplicio de un santo varón. Para arrinconar las imágenes, me dispuse a cortar la carne ya asada. La sangre engendró a un mercenario persa que agonizaba en la Batalla del Gránico. Luego, fui sumergido brutalmente en el inasible pasado. El vértigo me impidió retener cualquier identidad. Sin embargo, sé que era todas las miradas y ninguna. Era el asesino y el mártir, la nube y el mar. Era el fuego y las lenguas que informan la flama. Era todo y era nada. Con un relámpago, el río fugaz se detuvo. Supe que era inminente la zambullida en lo porvenir. Preferí evitar ese pavor y tiré el arbolito a la basura. Inmediatamente me arrepentí. Lo rescaté y con unas ramas reavivé el fogón. La familia me observaba con inquietud, pero no me moví hasta que se consumió íntegro. Igual, quedé con un severo desarreglo nervioso. No descarto que las cenizas conserven su pérfida energía. Siento que me aguardan el horror y la esperanza. Probablemente ya sea uno de mis futuros.

Ovejas o cabritos

Si un seul de ces faits avait été arrangé différemment, il en aurait résulté un autre univers; or, il n'était pas possible que l'univers actuel n'existât pas; donc il n'était pas possible à Jupiter de sauver la vie à son fils, tout Jupiter qu'il était.

Voltaire, *Dictionnaire Philosophique*

E sa mañana, las noticias en la pantalla del subterráneo eran temibles. Desde luego que uno se termina acostumbrando a estas guerras modernas, pero igual muchos abandonaron el refugio del holosistema al que iban conectados para levantar la cabeza con alguna ansiedad hacia la pantalla colectiva. Que todo pasara tan lejos no era ninguna garantía. El noticiero enlazó con la videocámara de un misil intercontinental apartando nubes en su camino de muerte. Más abajo, una ciudad se agigantaba. Nos miramos con perplejidad cuando el contorno se volvió conocido. No íbamos a asistir a otra vaporización en directo, íbamos a protagonizarla. Aún conservo el reloj pulsera que mi padre heredó de su abuelo. Miré la fecha. «Qué mal día para que justo suceda el Apocalipsis», alcancé a pensar con vana melancolía. Y después nos cegó la luz. Y después, un trueno. Y después, un temblor. Y después, el silencio.

Tengo un recuerdo desdibujado de lo que sucedió luego. Estábamos sepultados kilómetros bajo tierra y no sólo fue preciso atravesar por túneles aburridos de soledad, también hizo falta trasponer sucesivas capas de locura, desesperanza, ira, piedad, tristeza, miedo, resignación. Un pastor fanatizado nos arengaba repitiendo que los pecadores impenitentes ya habían sido purificados por el fuego y que, por nuestra fe, habíamos sido rescatados del Gehena. Finalmente emergimos. Nunca sabré si me tocó ser oveja o cabrito. No había ningún rey esperándonos. Tampoco ángeles. Sólo unos pocos mutantes tan sorprendidos como nosotros. Con menos determinación que necesidad, se prepararon para atacarnos. Tuve que matar a dos. Estoy seguro de que en sus ojos hubo agradecimiento. El infierno era todo nuestro.

Sueño 48

En el sueño, erraba por una calle con edificaciones bajas, como de pequeñas iglesias, llenas de placas y crucifijos de metal. Las vereditas eran muy angostas y parecía haber llovido. Era de noche y lo acompañaba su padre. Un restallar de cirios le recordó la Semana Santa, pero antes que a cera e incienso, el aire olía a fruta madura. Unas imágenes de negro rezaban en medroso silencio. Cuando reconoció a sus deudos ya muertos, supo que no estaba soñando.

El final ha comenzado

You don't know what you've done. The final is begun.

Supertramp, "The Crime of the Century"

Un imperceptible rumor, quizá un deslizar de ángeles. Con febril y vano afán, procuro concentrarme en la partida que estoy jugando. No me inquieta tanto el desconocer su nombre como el ignorar las oscuras leyes que la rigen.

Es mi turno. Urgido antes por la desesperación que por la certeza, estiro la mano y ensayo estremecido un movimiento, pretendiendo imitar los de mi velado contrincante. Finalmente me decido y, sabiendo que incurro en un error, hago correr con parsimonia una pieza por el tablero. Creo escuchar distante un grito desgarrado. No puedo evitar sonreír al intentar adivinar qué ha variado de forma irrecuperable. Abandonando toda intención de comprender las arbitrarias reglas del juego, me entrego a deducir qué hecho de mi recóndito pasado, qué evento de mis diversos porvenires, habré modificado: porque sé que algo se ha perdido para siempre.

Ya no soy el que he sido, ya no importa lo que seré. Con punzante angustia, advierto cuán tarde es para intentar un lamento, cuánto más tarde es aún para esbozar una plegaria. Ese acto aciago o propicio, glorioso o abominable, me condena sin piedad. Con la clarividencia de lo inexorable, abandono este torpe ejercicio de la desesperanza.

Vuelvo a mirar el perpetuo tablero. ¿Es necesario decir que me resulta una maraña extravagante? Los movimientos se aceleran. Mi oculto rival, estudioso estratega, conduce con mano certera sus deformadas piezas. Uno a uno mis trebejos son dejados fuera de juego. Un poco más y la partida habrá terminado. Como pretendiendo ignorar lo inminente, me distraigo con la luna que parece asomada para atestiguar mi destino. Un repentino gato, apenas adivinado en las sombras, observa en un charco, sin entender, el renovado misterio del cielo reflejado en la tierra. Un imperceptible rumor, quizá un deslizar de ángeles y el seco golpe de la última pieza que cae me devuelven al ya extinguido juego. No puedo evitar sonreír cuando con gesto humilde mi oculto vencedor se descubre.

El final ha comenzado.

Del autor

Pablo Martínez Burkett

Nació en 1965 en Santa Fe (Argentina). Es abogado (Universidad Nacional del Litoral, Santa Fe) y Magíster en Derecho Empresario (Universidad Austral, Buenos Aires). Tiene estudios de postgrado en la Universidad de Navarra (España), la Universidad Adolfo Ibáñez (Santiago de Chile) y la Louisiana State University (Estados Unidos). Enseña en la Universidad Austral.

Es autor de los libros de relatos *Forjador de penumbras* (Galmort, 2011, 1° Premio Mundos en Tinieblas 2010) y *Los ojos de la divinidad* (Muerde Muertos, 2013, premiado por el Fondo Metropolitano de la Cultura, las Artes y las Ciencias). Ha recibido otros premios en una docena de concursos literarios. Ha participado en numerosas antologías, las más recientes: *El libro de los muertos vivos* (LEA, 2013), *Buenos Aires Próxima* (Ediciones Ayarmanot, 2014). Escribe para revistas, portales y radios del país y el extranjero.

Algunos de sus textos han sido traducidos al inglés, francés, italiano, portugués y rumano. Además, ha incursionando en el ensayo para publicaciones de universidades de España y Estados Unidos. El año que viene la Exposición de la Actual Narrativa Rioplatense le va a publicar su novela *El regreso del Uñudo*. Está preparando un libro de ensayos sobre Cervantes y Borges, la novela *Pozo del Diablo* y el folletín por entregas *El retorno de la crisálida*.

Sus blogs:

www.eleclipsedegyllenedraken.blogspot.com

www.forjadordepenumbras.blogspot.com

Contacto:

www.pablomartínezburkett.com.ar

pablomburkett@gmail.com

www.ingramcontent.com/pod-product-compliance
Lightning Source LLC
Chambersburg PA
CBHW021055130626
46552CB00005B/2118